ふわもちフェチな御曹司に妊活契約を迫られてます

滝沢 晴

Vanilla文庫Miel

contents

イラスト／七夏

【おはよう、ふわもちさん】

『神手洗(みたらい)様　お帰りなさいませ。本日は寝室を除くお部屋のお掃除とクリーニング店の受け取りと預け、お洗濯、不燃物のごみ出しをいたしました。お食事の作り置きは、リクエストいただきました高タンパクのメニューにしております。不備などございましたら事務所にご連絡ください。　十月二十日午後五時　フラワーメイド酒井(さかい)』

東京都港区のタワーマンションの最上階にあるお宅で、酒井美宇(みう)は黒のボールペンでメモ用紙にメッセージを記すと、八人掛けのダイニングテーブルに置いて、重し代わりに猫の箸置きを上に載せた。

この猫の箸置きが、家主とのやり取りの目印になっていて、美宇へ伝言がある際は家主が書いたメモの上にも置かれている。最近は用がなくても頻繁に『いつもありがとうございます』と一言、美しい角張った文字でしたためられていて、美宇のちょっとした楽しみになっていた。

今日も『野菜の揚げ浸し、とても美味しかったです』というメモが残っていた。こんな豪華なお宅に住んでいるのだから、有名料理店の味も十分知っているだろうに、美宇が作った惣菜をよく褒めてくれる。肉や魚の高タンパク料理も好むけれど、作り置きの減り方を見ると、おかずにもおつまみにもなるようなメニューが気に入っているようだ。

「顔も知らないのに、料理の好みだけ詳しくなっちゃったな」

美宇はくすくすと笑って、今日もらった書き置きをエプロンのポケットに入れた。捨てるのもなんだか失礼な気がして。冬場にはハンドクリームが添えられていたり、先日は出張のお土産だと、シンガポールの高級ブランド紅茶までいただいたりした。ただのハウスキーパー相手にも、こまやかな気遣いをしてくれる。

「どんな方なんだろう。お会いすることはできないけど」

ハウスキーパー派遣会社「フラワーメイド」から派遣されている延べ床面積二二〇平米の2LDKのこのお宅では、週に四日、朝の十時から午後五時まで、昼休憩を除くと六時間かけて家事全般を行っている。

しかし派遣が始まって四ヶ月が過ぎたが、実は家主とは一度も顔を合わせていない――というより合わせてはならない。

派遣元の情報によると、三十一歳と若いが会社役員で気難しいらしく、家主と顔を合わせないように引き上げることと、寝室には絶対に足を踏み入れないこと、という厳しい条件があるのだ。

もし家主が早めに帰宅する際は、事前に連絡が入るのでその日は、五時前に業務を打ち切って出ることになっているが、その連絡をもらったことはないので、よほど忙しい人物なのだろう。

最初の一ヶ月は二人がかりで三時間勤務だった。もう一人のハウスキーパーは美宇より五つほど年上の女性。仕事ぶりはしっかりしているし、メイクもとても上手で憧れすら抱いていた。

しかし、翌月には美宇一人で六時間勤務するよう派遣元から命じられた。なんでも、そのハウスキーパーが条件を破ったとかで、家主からのそのように変更希望が出されたそうなのだ。

面積が面積なので二人がかりのほうが仕事は早く終えられたが、美宇にとっては三時間の案件を何軒もはしごするより、一つのお宅で六時間の依頼を受けたほうが移動時間のロスが少ないのでありがたかった。

一人で勤務となった際に、派遣元から念押しがあった。

『酒井さんは勤務条件を守ってくださいね。家主のお帰りを待ったり、仕事以外で個人的にお訪ねしたりしないようにね』

そう言われてようやく、もう一人のハウスキーパーが家主に個人的な接触をしたのだと分かった。

(確かに若くて、こんな立派なお宅にお住まいなんだから好奇心は膨らむよね……)

書き置きでやりとりするようになり、なおさら人物像に想像を膨らませるが、自分には

そんなことに時間と労力を割いている暇などない。

「よし、お暇しなきゃ」

美宇は念のため部屋に乱れがないかを確認し、腕時計を気にしながらエプロンを外した。

高校生の弟渉流が部活動から帰宅するまであと二時間。電車を乗り継ぎ、近所の格安スー

パーで買い物してから帰宅すると、おそらく三十分ほどしか猶予がない。

(その間にお風呂をためて、下味をつけていた鶏肉を唐揚げにして……)

子育てとは分刻みのタイムマネージメントが勝負だ、などと二十六歳にして子だくさん

の母親のようなことを思う。

高校生のころに両親が離婚。子どもである自分たちを引き取った母親が蒸発したのが四

年前、就職先も決まっていた大学四年のときだった。中高生の弟妹を養うため、残業の多

いメーカーの内定を辞退し、非正規でダブルワークを始めた。夜は弟妹のそばにいてあげ

たいので、早朝にビル清掃、昼間はハウスキーパーをしている。

　磨き上げたぴかぴかのシンクに、ふと自分の顔が映っていることに気づく。美容室代節約のために背中まで伸ばした髪は、仕事の邪魔にならないようお団子にしている。帰るときくらいはいいか、とその髪を下ろした。

（別に……行き帰りにちょっとおしゃれしたって、誰に見せるわけでもないんだけど）

　自分にいいわけしながら、さっと色つきのリップクリームを塗った。自分の化粧なんてパウダーと眉とチーク、そしてこのリップクリーム程度なのだ。今時、高校生だってもっとしっかりメイクをしているというのに。化粧品代も馬鹿にならないので基礎化粧品は妹と共有して、自分はなるべく消費しないようにしている。

　大きいと言われる目がぱちぱちと瞬きした。かっこいい女性に見られたくて、きりりとしたアイメイクを研究した就職活動時がもう大昔のことのように思える。

　妹の明里（あかり）は大学に給付奨学金で進学。アルバイトをして自宅にも生活費を入れてくれるようになったのでずいぶん楽になったが、弟の渉流はまだ高校二年生。進路に迷いつつバスケットボール部の活動に明け暮れていた。

（明日の土曜は練習試合だって言ってたな、今日はもりもり食べて活躍してもらおう。あ、でも私は控えめに食べなきゃな……）

美宇はそんなことを考えながら、二の腕をフラワーメイド支給の半袖ポロシャツの上からつまんだ。

もちもち、ふにふに。

一五七センチ、五〇キロ。スタイル抜群とは言えないが、健康診断で引っかかるほど太ってはいない。なのに、この二の腕と太ももの肉感だけはしっかりしていて、美宇のコンプレックスだ。真夏などはノースリーブやショートパンツが涼しそうで羨ましいが、一度も着たことがない。フラワーメイドの半袖ポロシャツも袖丈があまり長くないので、少し二の腕が出てしまって本当は苦手だ。

大学生のときに唯一できた恋人に、その肉をつままれからかわれたことで、余計に気になるようになった。頑張って減量しても、減るのはウエストや顔周りで、腕や太ももは相変わらずのもちもち具合だ。

加えて胸もFカップあるせいで、ボタンで留めるシャツなどは胸元だけ隙間が開いてしまっておしゃれに着こなせない。

(中学生のころからだから諦めるしかないんだろうな。どうせ恋なんて当面無理だし)

恋がしたくないわけではなかったが、幼いころから男の子にからかわれることが多くて逃げてばかりだった。「かわいい」と言ってくれる異性もいたが、本気なのかからかいなのかが分からない。大学生時の恋人は押しが強かった。男性が苦手になっていたため何度も告白を断ったが諦めてくれず、その熱意にほだされる形で付き合ったのだが――。

ため息をつきながら、業務終了のメッセージを事務所に送る。持参していたスリッパをしまって退勤しようとした矢先、カチャと玄関の電子錠が解錠される音がした。

ガチャ、ガチャン、と扉が開き、そして閉じた音がした。

（もしかして、神手洗さまが帰ってきた――）

家主と絶対に顔を合わせてはならない、という条件の仕事だ。美宇は血の気が引いた。スマートフォンを確認するが、派遣元からは退勤時間の変更指示は届いていない。もしかすると連絡ミスが起きているのかもしれない。

「……ああ、まだ靴があるな」

玄関から低い男の声がする。業務終了時間の午後五時から五分が過ぎていた。ハウスキーパーはもう退勤していると思って帰ってきたのだろうか。

美宇は意を決して謝罪しようと玄関に向かう。

「あの、おかえりなさいませ！　申し訳ございません、まだお暇できておらず――」

最後まで言えなかったのは、家主らしきスーツ姿の男性が玄関でうつ伏せに倒れていたからだ。

「えええっ」

慌てて駆け寄って「神手洗さまですか？　大丈夫ですか！」と声をかけるが、家主らしき男性は床に伏せたまま、うーんと呻く。

救急車を呼ぼうとスマートフォンを取り出すと、美宇の手ごとスマホを握られた。

「大丈夫だ、呼ばないでくれ……明日も仕事が……」

顔を上げた家主を見て、美宇は一瞬固まった。

まず飛び込んできたのは意思の強そうな二重の目。そして、通った鼻筋と少し酷薄にも見える薄い唇――。計算し尽くされたバランスで配置されたその顔は、芸術的に整った美しさだった。さらりと流した短い黒髪が揺れて、額に影を作る。きりりとした眉はほどよく整えられていて、肌もきめがこまやかだ。まるで俳優かモデルだ。

(三十一歳とは聞いていたけど、こんなにおきれいな方だったのね)

いけないものを見ているようで慌てて目をそらすが、家主の神手洗晶はまた「うーん」と呻いて突っ伏した。

「ど、どうしよう」

顔色が悪く昏倒している家主をそのままにして退勤できるわけがない。美宇は家主が立ち上がるのを手伝おうと、肩を貸した。

「ね、眠い……このまま寝かせてくれ……」

「そんな……では寝室までお連れします！」

家主を立ち上がらせると、かなりの長身だと分かる。自分の頭頂部が彼の肩あたりまでしかないからだ。見た目は引き締まっている、筋肉が多いのか、支えるとずっしりと重い。

「う……しっかり歩いてくださいい神手洗さま！　あと少しですから」

「寝る……頼む、寝かせてくれ、その書類は明日」

もうろうとしていて、美宇を部下か秘書と間違えているようだ。よく見ると目の下にくまがある。かなり睡眠不足なのかもしれない。

（寝室は入室禁止という条件だったけど、この際仕方ない）

美宇は家主をマスターベッドルームに連れて行き、扉を開いて照明をつける。

そこには目を疑うような光景が広がっていた。

高級そうな棚全面に並んでいたのは、まん丸で真っ白で、小さな手足がちょこんと飛び出した、特殊シリコン製で手触り抜群の人気ゆるキャラ「ふわもちくん」だった。大きなふわもちくんから、小さなふわもちくんまで、ぎっしりと。大きさ順に並んでいるあたり、几帳面（きちょうめん）なようだが。

ベッドを見ると、家主は一体どこに寝ているのだと思わせるほど大中小のふわもちくんが埋め尽くしている。

　自分が支えているとびきりの美丈夫の寝室が、こんなファンシーだとは思いもしなかったが、美宇は顧客の秘密は漏らさないプロのハウスキーパーだ。見なかったことにして、家主をベッドに寝かせた。

　やはり体重を支えきれずに、自分の腕が家主の頭の下敷きになってしまう。その瞬間、どのふわもちくんかは分からないが、スイッチを押してしまったのか、ふにゃふにゃのかわいい声がした。

『おかえりモチィ♪　ゆっくり寝るモチ♪』

　起きたらまずいと慌てて腕を抜こうとするが、なぜかまどろんだままの家主が美宇の腕に触れて、ふにふにと揉み始めた。

「ふわもちくん、癒やしてくれ～」

　美宇はあんぐりと口を開けてしまった。自分のぷにぷにの二の腕を、ふわもちくんと間違えられたのだ。

「みっ、神手洗さま……！」

　コンプレックスを直撃されて、顔がかーっと熱くなる。自分の二の腕はこんな餅の妖精（という設定）と間違えられるほどひどいのか、と泣きたくなった。

長い腕がぬっと伸びてきて、乱暴に抱き寄せられる。突然のことに受け身が取れず、美宇は彼に覆い被さる体勢で倒れ込んでしまう。その勢いで、家主の顔を自分の胸で押し潰してしまった。

「わ、ひぇ……」

声も出せないほど驚いてしまい、じたばたと抵抗するが、家主はまったく起きる気配がない。

むしろころりと美宇をベッドに転がして、胸に顔を埋めるように眠ってしまった。

大きな手が美宇の胸をわしわしと揉む。

「きゃ……、あ、み、神手洗さま、起きてください！」

「きょうもいいふわもちだ……はあ……」

「み、神手洗さま、私ふわもちくんじゃないです！」

まったく聞こえていないのか、健やかに寝息を立てている。いつのまにか手がふわもちした感触を探しているのか、太ももにまで伸びてきて、またズボン越しにもちもちと揉まれてしまう。

「まって、やめ……っ、だめです神手洗さま！」

「ううーん……だめじゃないだろ、再開発エリアだけに絞って交渉を……」

夢の中でビジネスの話を始める。

美宇は硬直してしまった。体格のいい男性にがっちりとホールドされてベッドから動けない上に、相手は平日に長時間働かせてくれるお得意様。家主と顔を合わせないという条件を破ってしまった手前、一体どうしたらいいのか分からない。

ただひとつ分かるのは、目の前の男性が、自分をゆるキャラ「ふわもちくん」の抱き枕と間違えて、胸に顔を埋めて健やかに眠りについてしまったということだ。眠りながらも、腕や太ももをもちもちと握るので、いつもそうしているのだろう。女体に触るというより、犬や猫にするような手つきだ。

それでもこのままではいけないと、美宇は拳を作った。スマートフォンは玄関に置いたまま。もう痛みを与えて家主を起こすしか方法がないのだ。

ぐぐっと拳を振り上げ、家主を殴ろうとしたとき、呻き声が聞こえてきた。

「その書類は明日やるから……頼む……ひとまず……寝かせてくれ……」

美宇の胸に顔を埋めたまま、彼は眉間に皺（しわ）を寄せた。

「……」

なぜか不憫（ふびん）に思えて仕方ない美宇は、人差し指でその眉間のしわをのばすと、拳を下ろして、頭をぽんぽんと撫（な）でた。するとふっと彼が微笑（ほほえ）む。眠る美形の微笑みの破壊力に耐えながら、美宇はベッドボードの時計を見た。午後五時二十五分。

(あと三十分くらいなら夕飯の準備に間に合うかな)

そうして少しだけ、抱き枕になってやることにした。密着した身体から、トク、トクと相手の鼓動が伝わってくる。そのリズムが心地よくて、思わず目を閉じてしまうのだった。

(変なの……初対面の人なのに嫌じゃないなんて。書き置きでやりとりしてたせいかな)


『モチモチ？　朝だモチ！　モチモチ？　起きるモチ！』

耳元でかわいい声がする。

「……もち？」

美宇は、聞き慣れないフレーズに違和感を覚えながら目を覚ます。

窓からレースのカーテン越しに朝陽が差し込んでいる——ことに気づいて、はっとする。

ベッドボードの時計を見ると午前六時ちょうどだった。

(朝まで寝ちゃったの？　嘘でしょ！)

弟は高校生だし、妹は成人済みの大学生なので、食事などの心配はないが、むしろ美宇に何かあったのではと心配しているだろう。

（どどどうしよう！）

　体勢は昨日のまま抱き枕状態で、家主が自分の胸に顔を埋め、しっかりと抱きしめて放さない。時折胸の谷間あたりの感触を確かめるように、頬を擦りつけている。

（ちょっとおかしくない？　このまま寝ちゃった私も、まったく目覚めないこの人も！）

『モチモチ？　まだ起きてないモチか？』

　ふわもちくんアラームが、ちょっといらついた声になる。アラームを止めるまで、少しずつヒートアップしていくようだ。

　胸の谷間に顔を埋めたままの彼――家主の神手洗晶が「うーん、モチモチうるさいな……」と呻いた。

　そしてぱちりと目を開けると、自分が今どういう状況なのか分からず「おわっ」と身体を揺らして声を上げる。そうして、おそるおそる顔を上げる彼と、美宇は目が合ってしまった。

「ふ、ふわもちくん……いや……さん？」

　間抜けなせりふに似合わない美形が、寝ぐせをつけたまま真っ青な顔でこちらを見て硬直している。

「み、神手洗さま、あの、初めまして。私『フラワーメイド』のハウスキーパーで酒井と申します……実は昨日夕方玄関で――」

　自分の胸に顔を埋めた男性に「初めまして」と挨拶をする違和感とともに、太ももの間に何か硬いものが挟まっていることに気づく。

「あら、何か挟まって……」

　美宇が取り除こうと手を滑り込ませてそれを握ると、神手洗晶が「わ」と声を上げた。

　二人で同時に視線をそれに向けると、スラックスを押し上げた晶の股間を美宇が握ってしまっていた。

　真っ赤になった晶が口をぱくぱくとさせる。美宇も握ったものが朝の現象を迎えた彼のそれだと気づき「ひぇえ」と声を裏返す。

「……ひとまず、はなれ……ます、ね」

　気まずそうに晶が美宇の腰に回していた腕をはずすと、美宇もそろりと彼から身体を離したのだった。

　美宇に断りを入れてシャワールームに向かう彼を見送ると、心臓がスーパーボールのように跳ね出した。

（いや『初めまして』じゃないでしょ！　私ったらなんてことを……！）

　しっかり眠ってクリアになった頭で状況を把握する。とんでもない事態になってしまったと美宇はベッドで頭を抱えた。

初対面の依頼主——しかも見とれるほどの美男——と一晩過ごしてしまったのだから。

（何もしてないよね、まさかね）

きっちりフラワーメイドのポロシャツを着ているのを確認して、乱れた髪を整える。

（神手洗さまがシャワーから出てきたら、どんな顔でお会いしたらいいの……！）

美宇は家族に連絡していなかったことを思い出して、スマホを拾ってリビングに向かった。

『はあー？　倒れたお客さんの看病してた？　お姉ちゃんどこまでお人好しなの？　連絡くらい入れてよ、事故に遭ったんじゃないかとドキドキして眠れなかったよ！　今警察に連絡しようとしてたとこだったんだよ』

「本当にごめんね明里、渉流は大丈夫？」

『朝ご飯食べさせてるとこ。食パンと目玉焼きだけだけど。でも無事でよかったぁ』

何度も謝罪をして電話を切ると、シャワーを終えた晶がリビングに戻ってきた。スウェットと薄手のTシャツに着替えた彼は、さっぱりとした顔で、しかし気まずそうに歩み寄る。スーツ姿も素敵だったが、ただのTシャツとスウェットでも脚の長さやスタイルのよさが際立つ。セットしていた前髪が下がっているので、わずかに幼くも見えた。

そんな姿にもどきりとしてしまうほど、佇まいの美しい男性だった。

晶は美宇の前に膝をつく。

「このたびは、本当に申し訳ないことを……！」

土下座をする勢いだったので、慌てて美宇がそれを止める。

「いえ、私も寝てしまったので……神手洗さまがお帰りになるとは知らず、顔を合わせない条件、寝室に入らない条件も破ってしまい申し訳ありませんでした」

晶によると、仕事と実家や親族から来る相次ぐ連絡のせいで寝不足が続き、帰宅直後にぶつんと意識が途切れてしまったのだという。

「つかぬことをうかがいますが……俺、まさか無体なことは……」

「してませんしてません！　ふわもちくんと間違えられてずっとぷにぷにもちもちされてただけです！」

ぷにぷにもちもち、と復唱しながら晶が青ざめていく。

「セクハラ……いや、強制わいせつですね、逮捕やむなし……」

晶が両手首を揃えて、美宇の前に「どうぞ署まで連行してください」と突き出す。

「いえいえいえ、そんなことしません！　とても苦しそうでしたので、きっとひどくお疲れだったんだと思います」

「逮捕前に言わせていただくと、酒井さんの被害と引き換えに、数年ぶりに長時間熟睡できました……本当に申し開きのしようもなく……」

　刑事弁護はつけますのでご心配なく、などつぶやいている晶に、美宇は自身の二の腕を指さしてハハハと笑ってみせた。

「これがずっとコンプレックスだったんですけど、生まれて初めてお役に立てたみたいで何よりです」

　晶が二の腕をじっと見るので、すぐに自分の発言が恥ずかしくなって「や、痩せます……」と顔を熱くしてうつむいた。

「いや本当に……ふわもちくんを超えるふわもち具合で、すっかり朝も……」

　はっと頬を染めて、晶は膝をついたまま目を泳がせる。美宇もその反応に、彼の朝勃ち(あさだ)を握ってしまったことを思い出し、またうつむいた。

　晶は再び美宇の二の腕をじっと見て、口元に手を当てて「ふわもち……」とつぶやきながら何かを考えている。

(そんなにふわもちくんが好きなのね)

　ふと晶が真剣な表情で美宇の前で正座をした。

「セクハラ野郎の分際で本当に申し訳ないのですが、お願いがあります」

なんでしょう、と首をかしげると、指を一本立てて頭を下げた。

「もう一度、二の腕を触らせていただけませんか」

ええええ、と声を上げたものの、昨日の晶の触れ方は動物に対するそれと変わらない手つきでいやらしくもなかったので嫌悪感は残っていない。

晶も下心というよりは、なぜか切羽詰まったような表情を浮かべている。

(男の人に改まって二の腕を触れられるなんて恥ずかしすぎるんだけど……何か深刻そうだし……)

美宇は「ちょっとだけなら」と半袖を少しめくって、左腕を差し出す。

「あの、本当にちょっとですよ？　腕のこと気にしてるので……！」

失礼、とかっこいい表情で二の腕に触れる晶は、昨日とは違って遠慮がちだった。しかし、何かを確認するように「うん」と何度もうなずいている。

そうして、美宇に「差し支えない範囲でいいのですが」と前置きしてから質問をした。

結婚しているのか、恋人はいるのか、好きな人はいるのか――。

妙齢ながら全部いない、と素直に答えると、晶が「運命だ」とつぶやいた。

「とても無躾(ぶしつけ)ではありますが、ひとつ酒井さんに契約のご提案をさせてもらえませんか」

「け、契約？　派遣ハウスキーパーはお客様との個人契約が禁止されているので……」

胸の前で両手を横に振る美宇に、晶は「違うんです」と首を横に振った。

「妊活結婚契約です」

スウェット姿で床に正座したまま、晶は淡々と説明する。

「……へっ？」

「俺の婚約者として妊活をし、最終的には結婚するという契約です」

からかわれたのだと理解した美宇は、かっとなって立ち上がった。

「冗談はやめてください、私帰ります！」

こんなことなら昨日殴って起こせばよかった、と美宇は後悔した。真剣に謝っていたので気を許していたが、こんな冗談を言う人だとは。

「待ってください、俺は本気なんです！」

そんな声が聞こえるが、美宇は振り返らずに神手洗宅を出たのだった。

横でとても気持ちよさそうに眠っていた彼が、他人ながらもちょっとかわいく見えてしまった自分も腹立たしかった。

来週月曜日からの予約をどうすればいいのか迷った美宇は、その足で派遣元であるフラワーメイドの事務所に寄った。

(家主を抱っこして一晩過ごしたって報告するの？　でもこうなった以上、嘘はよくないし……)

ぐるぐると考えを巡らせながら事務所に行き、フラワーメイドの社員に面談を願い出る。

(困ったな、クビになっちゃうかな……)

平日の収入の六割はハウスキーパーの仕事で得ているので、解雇されてしまったら致命的だ。社員と面談室に入ろうとしたとき、事務所の入り口が騒がしくなった。

「お客様、ハウスキーパーと個人的な連絡は取れません」

「お願いです、大事な話があるんです」

受付の担当者が、男性ともめているようだ。

「一旦こちらでお受けして、酒井には連絡しますので……」

「直接話せませんか、人生のかかった重要なことなんです！」

押しかけていた客は派遣先の家主、神手洸晶だった。

(どうして事務所にまで来るの！)

先ほどのスウェットとTシャツ姿ではなく、スリーピースのスーツに着替えていた。

グレンチェックの入ったライトネイビーの生地や真っ白なワイシャツ、タンカラーの革靴が若々しい生命力を感じさせつつ、チャコールグレーのタイで落ち着きも漂わせる。何より鍛えているであろう逆三角形の身体に沿ったその形状が、彼だけのために誂えられた高級品であると主張する。受付に懸命に詰め寄っているのに上品ささえ漂わせるその佇まいや、表に停められた運転手付きの高級車が、彼が普通のサラリーマンではないと容易にうかがわせる。そもそもあんな豪勢な家に住めるのだから、かなりのセレブだとは思っていたが。

居合わせた他の派遣ハウスキーパーたちが、なんだなんだとのぞき始める。

その様子を事務所の奥から見ていた社員が「相談ってあちらのお客様のこと?」と美宇に尋ねてくるので、美宇は真っ青になってうなずいた。

(神手洗さま、怒ってらっしゃる……終わった……)

事務所奥から顔を出した自分たちに、晶が気づいてほっとした表情を見せる。

「あっ、酒井さん! よかったお会いできて」

他のハウスキーパーたちが一斉に美宇を見る。

晶が近寄ってきて、美宇の手をぎゅっと握った。

「もう一度お話しできませんか。お願いです、あなたのことが諦められません」

モデルのようなスタイルの美形がスーツ姿で迫る相手が、『いつも笑顔花咲く　フラワーメイド』というプリント入りのユニホームを着たハウスキーパーなのだから、なんともコミカルな光景だ。真剣に見つめてくる晶の姿は、まるで映画のワンシーンのようでドキドキしてしまう。たとえお叱りの言葉や解雇通知が待っていたとしても。

「あ、あ、あ、あの、私、」

「この事務所のお部屋、お借りできませんか。もちろんこの時間も酒井さんの勤務時間としていただいてお支払いします……お願いです、話だけでも聞いてください」

事務所の応接間を借りて話し合うことになった。社員が「同席しましょう」と提案してくれたが、美宇が断った。「何かあったらこれを押して」と晶に見えないところで防犯ブザーまで握らせてくれた。社員は人差し指を唇に当てて、防犯カメラも動いていることを教えてくれる。「普通の会話は聞き取れないけど、大声なら録音されるから」と。いい派遣事務所と巡り会ったと、改めて思う。

応接室で向き合うと、晶が切り出した。

「唐突に訪問して申し訳ありませんでした」

この人は謝ってばかりだな、と呆れながらも美宇は顔の前で手を振った。

「今朝の冗談でしたら、もう気にしておりませんので、またよかったらいつも通り――」

「冗談じゃないんです」

晶の低い地声が一段と低くなる。

晶から名刺を渡されて、美宇は「あっ」と声を上げてしまった。

『株式会社エフェクトホールディングス　常務執行役員 マッチング&ソリューション事業担当』

あの高級マンションの最上階に住めるわけだ。

戦後間もなく立ち上げられたエフェクトホールディングスは、就職転職で企業と学生、社会人をマッチングする事業を中心に、さまざまなサービス業を展開している巨大企業だ。『エフェクトする』という単語が「スキルアップのために前向きな就職・転職をする」という意味で広く浸透しているほどだ。

「え、エフェクトの偉い方だったんですね……」

晶は「偉くはありませんが」と頭をかいて、現状を説明した。

自分の父親がエフェクトホールディングスのトップであること。現在は役員の一人として働いていること、そして両親に結婚するよう迫られていること――。

「うちの親はかなり自由気ままで『孫の顔を見せてくれるなら授かり婚でもいい、付き合っている女性がいないならこちらで婚約者を用意する』などと言われてしまいまして。たちが悪いのが有言実行するタイプなんです」

晶は額を手で押さえて、はあ、と大きなため息をつく。

「一方で俺は、この数年女性不信に陥っていて、孫の顔を見せるどころか恋人も——」

日ごろから、接触するあらゆる女性が、自分に下心を持って接してくるのだという。触れる、胸を押しつけてくる程度のアプローチなら耐えられたが、家に押しかけられたり、飲み物に睡眠薬を盛られて既成事実を作られそうになったりと、犯罪まがいのことまで。

「実はハウスキーパーさんも例外ではなく、家主と接触不可にしていても待ち伏せしていたり、派遣を頼んでいない日に押しかけられたり……困ってしまって、年齢を母親世代に限定すると今度は娘さんを紹介したいと連れてきたり……酒井さんと一緒に働いていた方も接触不可の条件を破ったので派遣を停止してもらいました」

積極的な女性ならば、そうする人もいるだろうと美宇は思う。映画俳優のような容姿だけでも魅力的なのに、この肩書きと将来性、そして書き置きのメモに表れる誠実さ。きっと惚れない人のほうが少ないのではないだろうか、と。

女性不信になった晶は、ストレスで睡眠障害に。女性の誘いを断るために、仕事を詰め込んでプライベートな時間を作らないようにしてきたのだという。

それで過労が祟り、時折このようにダウンしてしまうのだ、と。

「そんな暮らしでの唯一の癒やしが、お恥ずかしい寝室を見られてしまったので言えるのですが『ふわもちくん』で、彼らに囲まれて眠ると精神的に楽になるといいますか」

それでも夜中に目覚めたり、眠りが浅かったりと大変だったのだが、昨夜ふわもちくんと間違えて美宇を抱いて寝たところ、今までになく熟睡できたのだ、と晶は熱く語った。

「こんなこと本当にないんです、一度も目覚めなかったし、頭もすっきりしていて」

「で、ですが、それと妊活や婚約は、脈絡がありません」

美宇が戸惑いを伝えると、晶が片手で目元を覆って、小声で言った。

「じ、実は、女性不信と過労のせいで男性機能もしばらく反応がなくて……」

ん？　と首をかしげる。それでは今朝うっかり触れて——というか握ってしまったあれはなんだったのだろうか。

表情で察したのか、晶の耳が真っ赤になる。

「一年ぶりくらいに、今朝、その、昂(たか)ぶっていたので、俺もびっくりしてるところで」

「た、たかぶる……」

察しがついた美宇も、顔が熱くなってしまった。

晶は美宇の手を改めて握った。大きくて乾いた、男の人の手だった。

「酒井さんはハウスキーパーさんとしてもしっかり約束を守ってくれていた。そして、事故のようにあんなことになってしまいましたが、俺は昨夜、本当に幸せな気分で寝ることができた。『孫を見せろ』と言われて授かり婚を目指すなら、あなたしかいないと思ったんです。妻もふわもちさんも、うまくいけば子どもも手に入る」

（ふ、ふわもち妻！）

美宇が手を引き戻そうとするが、放してくれなかった。そして、晶はひときわ大きな声で懇願した。

「酒井さん、俺は本気です。どうか婚約してください！」

応接間に響く声に耳をやられたのか、彼の真剣な表情と熱に当てられたのか、美宇はくらくらしてしまう。

「弁護士を介してきちんと契約書も作ります。もちろん、あなたが俺をなんとも思っていないのは分かっているので、契約してくださるなら、あなたの言う条件や額を用意します。汚い男だと思ってもらって構いません。もちろんどの段階でも俺との生活が耐えられなくなったときのために解除条項も用意します」

契約や条件、額、と聞いて美宇はようやく冷静に考えることができた。

「……せっかくのお申し出ではありますが、やはり結婚はそう簡単に決めることができません」

晶の表情がみるみる悲しそうになっていくので、思わず美宇はフォローしてしまう。

「あの、神手洗さまが嫌いだとか、そういうことではないんです。嫌悪感があれば昨夜あんなに私も熟睡してないと思うので……きれいな文字の書き置きには元気をいただいておりました。誠実な方だと思います。ですが、いま弟妹を育てていますので、あの子たちが自立するまでは私は自分の人生を考える余裕がないんです」

それに、と晶をまっすぐ見つめた。

「うちは親が蒸発しました。だからこそ子どもを授かる責任の重さを、人より知っているつもりです。なので妊活や出産という人生の一大事を、出会ったばかりの方を相手に簡単に契約で決めるわけにはいきません」

お引きとりください、と美宇は深々と頭を下げた。謝罪も添えて。

「神手洗さまが女性に不信感を抱かれていたとも知らず、昨日は出しゃばったまねをして申し訳ありませんでした」

「いえ、それは俺の過失で、むしろ――」

晶は何かを言いかけたが、ギュッと目を閉じて呑み込んだようだ。

「本日はこれでお暇しますが、俺はまだ諦めきれません。また来ます」

美宇も立ち上がって、深くお辞儀をする。今後の派遣ハウスキーパーの引き継ぎはどうすればいいか、と尋ねると、晶は少し悲しげに微笑んだ。

「酒井さん以外に考えられません。あなたがよければ引き続き月曜からよろしくお願いします。あなたの仕事ぶりを高く評価しています」

社員とともに事務所の出口まで送ると、晶はもう一度美宇を振り返って、捨てぜりふのようにこう言った。

「俺、諦めませんよ、酒井さん」

運転手が車を発進させると、一気に力が抜けて事業所のフロアにへたり込んでしまった。

（授かり婚を目指して妊活？　お金持ちの考えること、意味分かんない……！）

一緒に並んで見送ってくれた社員がたばこをくわえて火をつけた。

「……どうする？　酒井さんを先方への派遣NGに設定できるけど。長時間勤務できる顧客って少ないから、これまでと同額稼ぎたかったら一日二、三軒回ってもらうことになっちゃうかも」

美宇は真っ赤になっているであろう顔を両手で隠して、継続します、と返事をした。今まで通りの条件なら、顔を合わせずに済むし、数軒回ると帰宅が遅くなって夕飯の準備が間に合わなくなるからだ。

（神手洗さまの気持ちをもてあそぶような形になるのも気が引けるけど、仕事を評価してもらえてたのは嬉しいし……）

昨日からとんでもないことが続いたが、毎日が淡々と過ぎていた美宇にとっては、なぜか遊園地のアトラクションにでも乗ったような、ふふと笑いが漏れるような、刺激的な二日間だった。

じっと右手を見て、また朝の感触を思い出す。

（お、男の人のアレを触ってしまった……しかもあのとき神手洗さまは「わ」って言ってた……）

美宇は、ぷぷぷと思い出し笑いをする。

大学生のときに短い期間交際した相手以来、まったく経験のなかった美宇は、その右手をどうしたらいいのか分からず、ひとまずハンカチで拭いたのだった。

事務所で今後の勤務方針などを確認し、これまで通り神手洗邸に派遣されることが決まると、居合わせたハウスキーパーたちに取り囲まれて質問責めに遭った。

「一体何があったの？」「すっごいイケメンだったじゃない」「酒井さん化粧っ気薄いのにきれいだものね！　玉の輿（こし）かしら」

晶の「婚約してください！」という声は、応接間どころか事務所全体に聞こえてしまっていたようで、とびきりの美男が押しかけてハウスキーパーにプロポーズをするというニュースに興奮しているようだ。

美宇は「お客様の個人情報なので」と言及を避けたが、しばらく解放してもらえず、自宅のアパートに帰宅したときには午後三時を過ぎていた。

弟、渉流の練習試合はもう終わっているはずだが、おそらくいつも通りチームメイトと買い食いをして夕飯ごろには帰宅するだろう、と踏んでいた。しかし、すでに渉流は帰宅していて、食卓でプリンを食べていた。

「あれ、早かったね。お友達と反省会してくるかと思ったのに」

姉が昨日から帰宅していなかったので、もしや心配して帰ってきてくれたのだろうか。

「うん、ちょっと……」

そう冴えない顔で返事をするので、美宇は頭を撫でた。

「本当にごめんね、まさかお客様が目の前で倒れるなんて思ってもみなくて……」

まさか妊活や結婚の契約まで提案されるとは、さらに想像だにしなかったわけだが。

渉流はなぜかぼんやりと宙を見つめていた。高校二年になって初めてレギュラーに選ばれた、と喜んでいたはずなのに。試合がうまくいかなかったのだろうか。美宇がそう尋ねると、渉流はしばらく沈黙したあと口を開いた。

なに、と返事をした瞬間、ガンッ、とアパートの玄関から大きな音がした。直後、数人の足音が遠のいていく。

おそるおそるドアを開けると、足下に大きな石が転がっていた。ドアを確認しようと外に出ると、ドアには黒いスプレーで「罪人」と書かれている。

ハハハ、とか、やベー、などと遠くから数人の笑い声がする。

「えっ、何……？　いたずら？」

ちょうど帰ってきた妹の明里が悲鳴を上げた。

「やだ！　もうこんなことになってるの！」

もう、とはどういうことだと尋ねると、明里はスマートフォンをこちらに向けた。

「私も帰りの電車で気づいたんだけど、渉流のいたずら動画がＳＮＳで炎上して、大変なことになってるのよ！」

画面には、動画を投稿するＳＮＳサイトが表示されていた。

そこには、コンビニに並んだ商品を手に取ろうとした客に渉流が近づいて、それを横取りして自分が商品を買う……という嫌がらせの連続動画だった。それもいたずらする相手は中学生や中高年の女性など、反撃する可能性の少ない人たちばかり――。

　匿名のアカウントがその動画を投稿したのは今日の午前九時ごろ。動画再生回数は百七十万回を超えていて、コメント欄には「弱い者いじめ最低！」「逮捕しろ」などの荒っぽい言葉が綴られている。明里によると、ＳＮＳのインフルエンサーが「私立東弦館高校二年の酒井渉流くんは職員室まで来なさい」などと茶化すふりをして個人情報まで探り当てて公開しているという。

「わ、渉流……？　一体これは……」

　美宇が食卓に座っている渉流を振り返ると、彼はずっとうつむいたまま「ごめん」とだけ言って黙り込んだ。

「どういうことなの、渉流」

　また一言、ごめん、とだけつぶやくとスマートフォンを握りしめた。ずっと振動を続けているそれを美宇が見ると、渉流のメッセージアプリには「お前やばくね？」「学校の恥！」など非難も含めた無数の通知が届いていた。

　美宇は指先から冷たくなっていくのを感じた。親が蒸発したときと同じだ。人はショックを受けると本当に血の気が引くのだ。

「渉流、アパートのお年寄りにも親切だし、小さい子にも優しいじゃない。なんでこんな動画が？　もしかしてこれみんな演技なんじゃないの？　いたずらされたほうも含めて」

美宇の問いに、渉流は首を横に振った。

「全部本当のいたずら。ごめん……」

法学部生で司法試験を目指している明里が「ごめんじゃすまないよ、これ」とつぶやく。いたずら動画はすべて同じ店で行われていて、それを特定されたのか「こんなコンビニ絶対行けない、子どもに何されるか分からない」などのコメントもあふれているという。

「威力業務妨害じゃん、場合によっては逮捕とか、損害賠償請求とかされちゃうんじゃないの……」

「た、逮捕……ば、賠償」

渉流はただごめん、ごめんと繰り返すだけだ。

「何か理由があるんじゃないの？　渉流がこんなことする子じゃないの、お姉ちゃん分かってるよ？　渉流！」

そう詰め寄るが、渉流は奥の部屋にこもってしまった。

美宇はひとまず学校に電話をしてみると、土曜日にもかかわらず教頭が出た。

『ちょうどお電話しようと思っていたところです』

今から学校に向かう、と告げたが止められた。学校の前にマスコミや野次馬が集まり始めたというのだ。事情を聞かれ、美宇も分からないと答えると『週明けに教員を行かせます』と言われた。口調は丁寧だが、語気に怒りがにじんでいる。美宇は何度も謝罪しながら電話を切った。

玄関の呼び鈴が鳴り、週刊誌の記者と名乗る男性が訪ねてきた。

「ごめんなさい、事態が把握できていませんので、一旦学校と話をしてから……」

ドアを閉めようとすると記者は外側からドアノブをこじ開けて、美宇に詰め寄った。

「動画を見れば分かるじゃないですか。コンビニチェーンも法的措置をとるってコメント出しましたし、とりあえず何か一言くださいよ！　加害者もここにいるんでしょう？　だんまりじゃ世間が許しませんよ」

加害者——という言葉が胸に刺さる。美宇は明里と二人がかりで記者を追い出したが、何度も呼び鈴を鳴らされたり「酒井さーん！」と大声で呼ばれたりしている。

「どうしよう……経緯は分からないけど、いたずらは事実みたいだから、コンビニに謝りにいかなきゃ」

キッチンの窓の隙間からそっと外を見ると、アパート前の道路も車が通行できないほど人であふれていた。マスコミや野次馬だろうか。今家から出るのは難しい。

コンビニに電話するが通話中で、一時間ほどしてようやくつながったが、いたずら動画張本人の保護者だと分かると、店長らしき男性の怒鳴り声が響いた。

『どうしてくれるんだ、営業どころじゃないよ！　絶対店には来ないでくれよ、すでに何社もマスコミが来て騒ぎになってるんだ。対応は本社の法務部が担当するってさ、訴訟だよ、訴訟！　まったく、子どもにどんな躾してるんだ』

ぶつりと電話は切れた。横で聞いていた明里が「訴訟か」とつぶやく。心臓がどくどくと跳ねているのに、血はまったく通っていないかのように身体が冷えていく。

賠償金、訴訟費用……弟妹を養うだけでいっぱいいっぱいで、貯金もままならない日々なのに捻出できるはずがない。借りようと思ってもあてになる親族はいないし、非正規でダブルワークをしている美宇にお金を貸してくれるまっとうな金融機関もないだろう。

さらに渉流の学校の対応も心配だ。こんな騒ぎを起こしては退学になってしまう可能性もある。もし前科にでもなったら彼の人生は一体どうなってしまうのか――。

（親がいないからという理由で進学を諦めさせたくなくて、ここまで頑張ってきたのに、八方塞がり……どうしよう）

「お姉ちゃん、知り合いに弁護士さんいない？　ちょっとだけでも相談できたら……」

思い巡らせるが浮かばない。内定を辞退して、清掃とハウスキーパーの業務しかしてきていないので弁護士との接点はない。

（ちょうど大きな会社の偉い人とは接点があったけど）

ふと神手洗晶の顔が浮かび、美宇ははたと動きを止めた。

『妊活結婚契約です』『あなたの言う条件や額を用意します』『弁護士を介してきちんと契約書を作ります』

「け、契約書――」

美宇の突然の独り言に、明里が首をかしげる。慌ててとりつくろった。

「あっ、ハウスキーパーしてるおうちの方が、大きな会社の方でねっ、弁護士さんと通じてらっしゃる話を今日聞いたばかりで……」

「連絡取れるの？　聞いてみてよ！　あたしいやよ、明日から大学行けなくなるの」

美宇はうなずいて、別の部屋でスマートフォンと晶の名刺を握りしめた。

緊張で心臓がばくばくと音を立てる。

妊活結婚契約を持ちかけてきた相手だとは弟妹に言えないが、もし自分がその契約に同意すれば、今回のトラブルの手助けを頼めるかもしれない。

（丁重にお断りしたのに、なんと言えば……）

架電を躊躇（ちゅうちょ）していると、アパートの大家が訪ねてきて明里とやりとりをしていた。

「困るよ、あんなに人集められたら。アパートの住人からどんどん苦情が来てるし、ドアもこんなふうにいたずらされて……！　このままじゃあんたたちに出て行ってもらうしかないよ」

明里が「解決するので時間が欲しい」と頭を下げている。

(だめだ、迷ってる場合じゃない)

美宇は名刺の裏に書かれた、手書きの番号をスマートフォンに入力し発信する。

四回コールしたあと『はい』と低い声が聞こえた。知らない番号からかかってきたからだろうか、少し声がこわばっている気がした。

「あ、あの、神手洗さま、お夕飯時に申し訳ありません。本日……あっ、昨日だ、昨日お掃除をさせていただきましたフラワーメイドの酒井です……」

『えっ、酒井さん？　ああ、お電話ありがとうございます！　どうしました』

急に声が明るくなって、美宇はほっとする。

「あの、突然で申し訳ないのですが、本日いただいた契約の件を含めてご相談したいことがありまして」

『どうしよう、嬉しいな。俺のお願い、真剣に考えてくれていたんですね』

美宇は胸が苦しくなった。渉流のことがなければ、もう終わっていた話だった。

(嘘をつくのもよくないし、正直に話してみよう)

「あの、実は困ったことが起きてしまいまして……」

『困ったことですか？　どうしたんです？』

　心配してくれる優しくて低い声に、美宇はなぜかじわりと涙が出てきた。罵声や嘲笑を浴びて想像以上に傷ついていたのか、晶の優しい声で気が緩んでしまったようだ。

「あ……あの……弟がＳＮＳでトラブルになってしまって……神手洗さまにご相談できないかと思って……っ」

　美宇が言葉に詰まったことで、事態を察してくれたのか、晶の声が真剣な響きを帯びる。

『お話は俺の家で聞きましょう。迎えに行きます』

「あ、だめなんです、家の前にマスコミや野次馬がいて、神手洗さんがいらっしゃったらご迷惑をおかけしてしまいます。弟妹を残していくと不安ですし」

　そう告げると、美宇が家を空ける間、晶が警備会社から人を派遣してくれることになった。明里と渉流にそう告げると驚かれた。

「お姉ちゃん、一体、そのお偉いさんとどんな関係なの……？」

　美宇は笑ってごまかしつつ「それはまたあとで」と帽子を目深に被って家を出る。家のまえにたむろしていた十数人のマスコミや野次馬が、美宇に気づいてざわざわし始めたが、同時にファン、と車のクラクションが鳴りヘッドライトであたりが照らされた。車高のあるＳＵＶ車だが、外国のメーカーらしきエンブレムがついていた。

人だかりを割るように止まった車の助手席のドアが開く。運転席から手を伸ばした晶が美宇に「どうぞ」と乗車を促した。写真を撮られないように急いで乗り込むと、晶がまたクラクションを鳴らして急発進した。

「マスコミってこれくらい無茶しないと引いてくれないんですよ、あちらも会社員や契約してるライターなので追わないと上の人間に叱責される。追えなくなるくらいの不可抗力を与えると、多くが『これでいいわけができる』とほっとした顔で諦めます」

大企業の御曹司なので、何度も経験があるのだろう。

「迎えに来ていただいてありがとうございます、本当にすみません……」

美宇はうつむいて礼と謝罪を告げる。信じられないことの連続で気が動転しているのか、シートベルトを握る手が震えてしまう。

晶は道路脇に車を停車させた。こちらを向いて柔らかく笑った。

「あんなにマスコミや野次馬に囲まれて怖かったでしょう。もう誰も追ってきていません。トラブルだって、時間は戻せないけど必ず解決方法があります。大丈夫ですよ、大丈夫」

「神手洗さま……」

低くて落ち着いた声が染みて、思わず泣きそうになる。慌てて袖で顔を隠すと、晶は美宇の手元をちらりと見た。

「震えは止まりましたか?」

そう言われて、手の震えが収まっていることに気づいた。

「あ……はい、お気遣いありがとうございます……」

「いえ、頼ってもらえて嬉しいです。また交渉のチャンスが巡ってきたんですから」

晶はウィンカーをつけて、車を発進させた。夜の街の明かりに照らされる晶の横顔が、少しほころんでいた。

(誠実な人なんだ……契約内容はぶっ飛んでるけど……)

晶のマンションに到着し、ダイニングテーブルでお茶まで出してもらった。ハウスキーパーである美宇がストックの補充や管理をしているので把握しているが、その中でも、心が落ち着く作用があると言われているカモミールティーを淹れてくれた。一口飲むと、ふわりとハーブの香りが鼻をくすぐって、波だった心を静めてくれる。香りもそうだが、細やかな彼の心遣いがじんわりと美宇の胸に染み渡る。

ハーブティーを二口ほど飲んだところで、晶が本題に入った。

「相談ごとをうかがっていいですか?　迎えに行くまでに少しはおうかがいしましたが」

美宇がうなずいて、事の次第を説明する。

弟がコンビニで中学生や中高年女性相手にいたずらをする動画がSNSで炎上してしま

ったこと、コンビニチェーンが法的措置を検討していること、いきさつを口にしない弟はこのまま学校も退学になるかもしれないこと――。

「お昼にお話しした通り、うちは親が蒸発しまして、訴訟費用含めて弟を守ってあげられる資金がなくって……」

美宇はギュッと目を閉じて、テーブルに額をつけた。

「ご提案いただいていた妊活と結婚の契約、お引き受けしますので、どうか弟を……助けてくださいませんか……！」

今さらどの面下げて、と言われてもおかしくないが、今美宇が渉流のためにできるのはこの契約を受け入れることしかなかった。

晶は「ふむ」と少し考えたあと「頭を上げてください」と声をかけてくれた。

美宇は晶の顔色をうかがう。怒っているのか、呆れているのか、不安になりながら。

しかし向かいに座った美丈夫は、ふわりと微笑んでいた。

「かなりの心労だったでしょう。大変でしたね、もう大丈夫です」

「み、神手洗さま……」

「交渉は成立……ということでいいですよね？　だったら契約とはいえ、あなたの弟は俺の未来の義弟です。助力しない理由がありません」

晶がさっとノートパソコンを取り出して立ち上げる。実はOKがもらえたらすぐに締結できるよう、フラワーメイド事務所から戻ってから契約書の素案を作っていたのだという。

「もちろん素案なので一度リーガルチェックしてからの正式な契約にはなりますが」

そう言いながら晶はパチパチと文書を手直しする。「契約料ですが」と切り出されたので、美宇は即座に断った。

「助けていただくのにお金なんてもらえません、訴訟だっていくらかかるか分からないのに……！」

「しかし結婚出産という人生の大切な選択を、なかば強制的に俺を相手にしてもらうわけですから、相応の報酬が必要です」

向かいに座る美宇をちらりと見た。

「あのアパート……もう住むのは難しそうですか」

大きく「罪人」と書かれていた玄関扉を見たのだろう。美宇は大家にも退去をほのめかされたことを明かした。

では、こういうのはどうでしょう、と晶はパソコンの画面から美宇に視線を移した。

「酒井さんは婚約者の俺と同居をするため、離れて暮らせない妹さんや弟さんはここの下の階に住む……ということにしては」

美宇は「難しいです」とうつむいた。

「こんな立派なマンションの家賃、私の収入では払えません」

それも契約にすればいい、と晶は提案した。

「ここはペントハウスなので広いですが、下の階はそれほど高くないんです。俺が用意しますよ。生活費もこちらで。ごきょうだいが自立するまで」

そこまで甘えるわけには、と言いかけた美宇を、晶が制した。

「それがあなたの報酬です、自分の価値をしっかり認めてください」

柔らかく微笑む。自分に一体いかほどの価値があるのかとは思ったが、美宇を認めてくれる晶の言葉に思わず涙していた。

「あ……ありがとうございます……わ、私、今日ほど二の腕や太ももがもちもちしててよかったと思った日はありません……！」

そのせりふに驚いたのか、晶が一瞬目を丸くして笑った。

「確かにきっかけはふわもちさんですがそれだけじゃないんです。俺は日ごろのあなたの仕事ぶりを評価していると言ったでしょう？　実は顔も知っていたんですよ、インターホンが鳴ると録画されるので」

「あっ、そうですよね。コンシェルジュから鍵をいただく前に共同玄関でインターホン押すから映ってますよね」

「あと、書き置きも実は楽しみにしていました」

「それは私もです！　神手洗さま、字もおきれいで。お土産もたびたびお気遣いいただいて本当に嬉しかったです」

涙を拭いながら美宇が話に乗ると、晶がじっとこちらを見つめた。

「俺の名前、晶です。婚約者になるわけですから、呼び方と口調を改めましょうか」

そう言うと、紙に美しい字で『晶』と書いてみせた。その横に『美宇』とも。

「私の名前もご存じだったんですね」

ハウスキーパー派遣時に、名前と性別だけは事務所から知らされるのだという。

「美宇、と呼んでいいかな」

低くて落ち着いた声に、じわりと顔が熱くなる。名前で呼ばれることなんて珍しくないはずなのに、目の前の美男からいい声でささやかれると心拍数が上がってしまう。

美宇は胸元をぎゅっと押さえながら、何度も首を縦に振って了解する。

「では俺のことも『晶』と」

促されて、美宇は「あ……あ……」と何度か声を出して、勇気を振り絞った。

「晶……さま？」

「『さま』はいらないでしょ」

とんでもない、と美宇は両手を振った。

今まで顔を合わせてはいけない、と言われていたお客様で、しかも顔を合わせてみればとびきりのイケメンを名前で呼び捨てにするなんて、異性との恋の駆け引きなどにほとんど免疫のない美宇にとっては難題だった。

「では晶さんで！　呼び捨てなんてできません、大切なお客様なのに……！」

「分かった、今はそれでいいよ。明日までに弁護士に確認させて契約書は完成させるから、ひとまず動きましょうか」

晶は美宇がうなずいたのを確認すると、スマートフォンで数カ所に連絡を取り始めた。


翌日の夕方、美宇たちきょうだいは三列シートの大きな車に揺られていた。

晶と契約締結の旨を確認し、夜に帰宅した美宇は、弟妹に荷物をキャリーケースに詰めるよう伝えた。晶の指示だった。「裏道に迎えを寄越すから」と。

アパートに集まっていたマスコミはずいぶん減ったように思えたが、一方で小型のカメラを手にした人が増えていた。おそらく動画サイトの配信などで収益を得ている層だろう。

弟妹には「相談した人に助けてもらうことになった」とだけ伝えて、ひとまず納得してもらう。明里は「一体どうなってるのか」「どこに向かっているのか」と質問責めだが、渉流はただ黙って従うだけだった。結局、動画の経緯についてもずっと黙ったままだ。

車を運転しているのは、晶の役員車の運転手だった。キャリーケースの積み下ろしも一瞬で終わらせる仕事の速さに、プロ意識を学ぶ。

晶のタワーマンションに到着すると、明里が「ひえ」と声を裏返した。

「お姉ちゃんの相談に乗ってくれた人……何者なの……」

荷物を運転手に任せて、エントランスのコンシェルジュのもとへ。弟妹はおどおどしたまま美宇についてきた。美宇も派遣当初は似たような反応だった。世界の違う人々が住んでいるのだと思うと、壁も触れなかったくらいだ。

コンシェルジュに取り次いでもらい、高階層用エレベーターに案内される。

最上階四十八階のエレベーターを降りると、明里がぽかんと口を開けていた。

「このフロア、ドアが一個しかない」

「最上階は一世帯だけなんだって。すごいよね」

他人事のように語る美宇だが、心臓はばくばくしていた。今日から本当にこのおうちにお世話になるという実感が急に湧いてきたのだ。

玄関がカチャ……と開いた。

そこから顔を出したのは、家主の晶だ。さらりとしたグレージュの薄手ニットに白いパンツを合わせたシンプルな恰好なのに、モデルがいいせいかファッション誌から飛び出てきたような佇まいに見えてしまう。

「美宇、よく来たね。マスコミは大丈夫だった？」

晶が片手を上げて親しげに名を呼ぶので、明里が目をむいてこちらを見ている。

「はい、晶さん。お迎えありがとうございました」

美宇も名前で呼んでいるのを聞き、妹はさらに驚愕し「お姉ちゃん……まさか」と震えている。鈍感な渉流は一向に気づいていないようだ。

「大変だったね。みなさん中へどうぞ、話はそれから」

質問責めしそうな明里の表情に気づいたのか、晶はそう茶目っ気たっぷりに肩をすくめた。

リビングに座ると、晶が「お茶を淹れるね、今湯を沸かしているから」と立ち上がったので美宇も手伝った。毎日通っているのだ、どこに何をしまっているのかは晶より把握している。そうしてお茶を出すと、美宇は晶の横に座った。晶が、うん、とうなずいたので、美宇は思いきって弟妹に紹介した。

「あのこちらは、神手洗晶さん……あの、私のね、その」

なんと言えばいいのか逡巡していると、晶が「婚約者です」とにっこり笑った。

「えっ、彼氏を通り越して婚約？」

「はい、お姉さんと結婚を前提にお付き合いしています」

「お姉ちゃん、彼氏がいるなんて一言も言ってなかったし、お休みの日もデートに行くそぶりなんて全然なかった——あっ、先日のお客さんの看病って、もしやお泊まり……」

「実はそうなんです。倒れたのは本当ですが、ご家族にはご迷惑をおかけしました」

晶は恥ずかしそうに頬をかいてみせる。

美宇は弟妹に、言葉に詰まりながらもなんとか説明した。渉流のことを相談すると同居を持ちかけられたこと、家族も同じマンションに部屋を用意してくれたこと、渉流のトラブルは晶の懇意にしている弁護士が引き受けてくれること——。

「渉流くんは俺の義弟になるわけですから、責任を持って解決に当たりましょう」

渉流は黙ったままうつむいて「すみません」と漏らした。

明里が晶をじーっとにらむ。

「決して疑うわけじゃないんですけど、お姉ちゃんのどこに惹かれましたか？　神手洗さんはどこにお勤めなんです？　それとも社長さん？　お姉ちゃんだけでなく私たちの住ま

いまで援助してくださるなんて、なんだか話がうますぎて……」

疑いたくなるのも仕方がない。今まで存在も知らなかった男性が姉の婚約者だと言われ、生活援助まで申し出たのだから。晶は「最後の質問から答えていいですか」と前置きして、説明した。

仕事はエフェクトホールディングスの事業統括を任されていて、いずれは自分が父親から実力でトップを引き継ぎたいと思っていること。それなりの収入があり、同時に資産運用もしているため、美宇やきょうだいの生活を援助しても負担にはならないこと――。

「エ……エフェクト……」

明里の声が裏返る。「エフェクトする」が動詞として辞書に掲載されるほどなので、大学生の明里が知らないわけがない。渉流も驚いたのかソーサーに紅茶をこぼしていた。

「美宇のどこに惹かれたか、という質問ですが」

もしや「ふわもちくん」の話をするのかとドキドキしていたが、晶は目を細めてこう語った。

「美宇にはハウスキーパーとして働いてもらっていましたが、ずっと顔を合わせたことはなかったんです。でも日々部屋の空気の入れ換えまで完璧で、毎日、報告と一緒に『おかえりなさいませ』と書き置きをしてくれていて……」

晶は少しうつむいて口元を手で覆った。

「これを言っちゃうと気持ち悪いと思われるかもしれないんですけど、どうしても顔が見たくて、インターホンの録画で美宇の姿を確認しようとしていて『ああ好きなんだな』って自覚したんです」

家主と顔を合わせない、という条件で派遣を依頼していたため、直接会うにもハードルがあったが、勇気を出して対面し、自分から結婚前提のお付き合いを申し込んだのだ――と打ち明ける。

明里はしばらく考え込んで「試すようなことを聞いてすみません」と頭を下げた。

「学生である私たちにも、ごまかさず、丁寧に話してくださって……誠実な方ですね」

こういうとき明里は聡明で公正な人物だと姉ながら思う。将来の夢は裁判官。きっと天職になるのではないか、とも。

明里たちは五階に用意された部屋に案内された。美宇は今日から晶の部屋に〝婚約者として同棲〟をすることになる。弟妹のそばにいてやりたかったが、明里が「私たちばかり優先しないで、自分の幸せを考えて」と突っぱねたのだ。

その言葉に甘えて、今夜は渉流のトラブルの対応を晶と話し合うことにした。

晶は二通のファイルを美宇に差し出した。

「これが俺たちの契約書。内容に同意してくれたらサインをして」

契約書というものを初めて見た美宇は、戸惑ってしまった。想像以上に硬い文章で、甲だの乙だのと、分かりにくく書かれているのだ。晶が説明をしてくれた。

「大きく分けると三つ。俺と美宇は結婚を前提とし、生活に支障のない範囲で妊活に努めること。折を見て結婚式の段取りを始めること。その見返りとして美宇と家族の生活・就学支援は俺が責任を持つこと――それと契約解除の条項もあるからあとで確認して」

また『孫の顔を見せろ』とまくし立てている両親は、現在海外の拠点を視察しているといい、簡単な報告はしておくが紹介は帰国次第――と告げた。

「結婚は家や親族が絡んでくるからまだ進められないとして、親の帰国までに授かっていれば最高なんだけど、これればかりはタイミングが決められないから。妊活していることが伝われば落ち着くだろうし、勝手に婚約者を用意するなんて暴走もしないはずだ」

また、渉流のトラブル解決については、契約書の就学支援に含まれている、とも説明してくれた。

十分すぎるほどの見返りだ、と美宇は何度もうなずく。これで渉流が助かるのだ。

「あの、助けていただき本当にありがとうございました……私、誠心誠意働きますので、なんでもおっしゃってくださいね」

深々と頭を下げる美宇に、晶が一瞬面食らう。そして少し恥ずかしそうにうつむいた。

「俺のほうこそ、結婚や出産という人生の大切なステージを、援助と引きかえに買うようなまねをしてしまって……なんと言ったら」

「私もそこは葛藤しました。親に捨てられた身だからこそ、親になることに対しては複雑な気持ちがあるので」

命を授かること、そして育てることの責任の重さをよく知っているからこそ、愛のない妊活結婚契約を当初は拒絶した。

しかし、晶の書き置きに見られる誠実さ、窮地を助けに来てくれた頼もしさ、美宇や美宇の家族を尊重する姿勢――。

（この人なら、この契約なら、もし普通の恋愛のように愛し合うことはできなくても、生まれた子どもを放棄するようなことはきっとない……）

晶は小さくうなずいた。

「これまで大変な苦労をしてきたんだろうと思う。でも俺にはもうあなたしか考えられなかった。あんなに安らぎを得られた夜はない」

「ふふ……ふわもちさんですもんね。先ほどは明里にうまく説明してくださってほっとしました」

「あれは本心で……」

「そういうことにしておきますね」

そう言って二の腕を自分でぷにぷにしながら、笑ってみせた。

晶が思い出したように「あ」と声を上げた。

「嫌でなければ、その、変なことはしないから、先日のように一緒に寝てもらえると嬉しいんだけど。どうせ寝室はふわもちくん尽くしだってことはバレてるし」

俺キモいな、などと頭を抱えながら。

「い、嫌じゃないですけど、私男性と一緒に寝るなんて緊張して――」

と、言いつつ一昨日は熟睡していたわけだが。

美宇は契約書にサインをして、一通を自分用として受け取った。

運転手が部屋に届けてくれていたキャリーケースを、晶が軽々と持ち上げた。

「セカンドベッドルームに運ぶよ、今日から美宇の部屋だ」

「自室まで貸していただけるんですか」

「貸すだなんて。俺たち結婚するんだよ？　自分の部屋がないと落ち着かないだろう？」

セカンドベッドルームにはいつ来客があっても対応できるように美宇がこれまで整えてきたが、そこが自室になるとは夢にも思わなかった。

キャリーケースと一緒に部屋に向かい、しょっちゅう出入りしている部屋ではあるが「立派なお部屋ですね」と褒めてみる。

「ハウスキーパーさんが有能でいつもきれいにしてくれているから」

くすくすと笑ったあと、ぎゅっと腕を握られた。切れ長の瞳が、こちらをまっすぐ見下ろしている。

「ベッドは美宇が来る前に捨ててしまえばよかった」

意図が読めずにいると、晶はつまらなさそうにこう言った。

「一緒に寝てもらえるいいわけになったのに」

あまりに子どもっぽい理由に、美宇は恥ずかしさを通り越して笑ってしまった。

本気なのに、と晶は慌てて弁明する。

「下心があってのことじゃないんだ。本当にぐっすり眠れて体調もよくなって……」

「あはは、もう……分かりました！　一緒に寝ましょう、その代わり寝言やいびきは聞こえなかったことにしてくださいね。晶さんもしかして一人っ子ですか？」

晶は目を丸くして「なんで分かった？」を不思議そうにしていた。

簡単に夕食を済ませ——といってもマンションのコンシェルジュが手配した一流店のケータリングサービスなのだが——妹から興奮気味の電話を受ける。すでに家具まで手配されていて何の不便もないという。明日の朝食まで届いているが、渉流は学校を休むと言っているので、ひとまず明里だけが通学の準備をするそうだ。

先に風呂を勧められた美宇は、シャワーを浴びながら複雑な気持ちになった。いつも掃除しているバスルームを、まさか自分が使うことになるとは思ってもみなかったからだ。

美宇は来客用のアメニティを使用したが、いつもより念入りに身体を洗ってしまった。一緒に寝ることを意識すると、身体を擦る手に力が入ってしまう。

（この間みたいに抱き枕にされるのかな……私汗臭くないかな、どうしよう……）

心臓がどくどくと跳ねるのは、湯船でのぼせたことが理由ではなさそうだった。

美宇に続いて風呂から上がった晶に改めて謝意を伝えると、彼は腰掛けたソファから美宇の手を引いた。晶の隣にすとんと腰掛ける。

「他人行儀な態度はここまで。今日から俺の婚約者なんだから、堂々と甘えてください」

濡れたままの前髪が落ちていると、晶はさらに穏やかに、そして若く見える。風呂上がりで体温が上がっているのか、スウェットの襟から見える肌が赤く染まっていた。それがなんだか余計に色っぽくて、美宇は目をそらしてしまった。

「パジャマもお借りしてしまってすみません、家から持ってきたものもあったんですが」

「いえいえ、来客用だから少し大きかったね」

晶はいたずらっぽく笑って、美宇の顔をのぞき込む。

「いえそんなに大きくないです……ダイエットしても腕や足はなかなか落ちなくて……」

「ダイエットなんてだめだよ、体によくない」

ふわりと香るのは、わずかにスパイシーな柑橘系。

（あ、これシャンプーだ）

風呂掃除の際に、空のボトルを処分したので覚えていた。ウィスキーのようなボトルだったので印象に残っている。

少しだけ顔を近づけて香りを吸い込むと、晶が慌てて「汗臭い？」と気にした。

「いえ、お風呂掃除のときにこのシャンプーの香りを嗅いだことがあるんですけど、人が使用すると、こんなふうに優しく香るんだなと思って……」

美宇が使った来客用のアメニティはラベンダーの香りで統一されていたので、大発見したかのようにこう言った。

「私が使ったシャンプーと香りが混ざると、ラベンダーオレンジっぽくなりますね。好きな香りです、ふふ」

すると、晶が美宇を上目遣いで見て、少しとがめるような口調で言った。

「……魔性って言われたことない？」

「えっ？」

「自分が理性あるほうでよかったと初めて思ったよ……仕返し」

晶はそう言って美宇の首筋に顔を寄せて、息を吸い込んだ。

「本当だ、香りが混ざっていい匂いがする」

そう語る吐息まで首筋にかかって、美宇は口から心臓が飛び出そうになった。

（ひぇえ……イケメンの力が爆発してる……！）

髪を乾かしたら寝室に行く、と先に就寝するよう促された美宇は、音を立てずに晶の寝室──マスターベッドルームのドアを開いた。

片付いてはいるものの、そこには、いたるところに『ふわもちくん』が並んでいる。ベッドにも『ふわもちくん』の抱き枕が転がっていて、美宇はそれを改めてふにふにと触れてみた。そうして自分の二の腕や胸と触り心地を比べてみる。

「うーん、確かに弾力が似ているかも……でも体温があるぶん、私の勝ち……？」

両手でそれぞれをもみもみしながらつぶやいて、はっと我に返る。何を競っているのだと自分をたしなめる。

「何が勝ちだって？」

髪をふわふわに乾かしてきた晶に驚いて、美宇は声を上げてしまう。恥ずかしくて笑ってごまかした。

「ふわもちくんと、私、そんなに似てるかなと思って」

「そりゃあ美宇の勝ちだ。俺の安眠度が違う」

「お役に立てて何よりです……」

　美宇はベッドに腰掛けた晶に向き合うと、正座をした。

「改めまして、ふつつか者ですが、どうぞよろしくお願いいたします……。精一杯働きます……！」

　晶が柔らかく笑って、うん、とうなずいた。

「こちらこそ、どうぞ末永くよろしくお願いします。これから少しずつ、お互いのことを知っていこう。食事の好みとか、好きなスポーツとか」

　同じように晶もぺこりと頭を下げる。そして、すっと大きな手のひらをこちらに見せた。

「？」

　タッチかな、と思ってパチッと手のひらを元気よく当ててみると、くすくすと笑われた。

「手を握ろうと思ったのにはたかれた」

「あっ、ごめんなさい！　やり直します、もう一回出してください」

　晶は「はい」と今度は両手を出した。先ほどはたいたのでペナルティで倍になるそうだが、理屈が分からない。

それぞれの手に自分の手を乗せたらいいのかな、とそろりと手を近づけて晶の顔色をうかがうと、またおかしそうに笑っていた。

「いきなり取って食ったりしないから大丈夫だよ」

「いえ、緊張してるから、手に汗かいちゃうかもって」

「かわいいことを」

じれたのか晶の手が伸びてきて、美宇の手をぎゅっと握った。

乾いていて、大きくて、温かい。どきどきするのに、嫌な感じはしない。

「……手を握るのも初めてなのに、一緒に寝るなんて不思議ですね」

「初対面で一緒に寝ちゃったからね……その節は……」

申し訳ない、と言いながら晶が美宇の手の甲に親指をするりと這(は)わせた。

「寝ようか、明日は月曜日だし。朝は明里さんを見送る？」

「ええ、立派なおうちで緊張してるでしょうから顔を出します。晶さんは何時にご出勤ですか？」

役員車がマンションに迎えに来るのは午前九時だが、二十四時間使えるマンション内のスポーツジムで汗を流すため六時には起きるのだという。

美宇も明日は、この神手洗邸の家事代行の日なのだが、事務所と晶に許可をもらって休むことにした。渉流の高校へ連絡もしなければならない。

晶が羽毛布団をめくると、美宇は「お邪魔します」とそこに足を入れた。部屋の照明を消すと、端に転がった『ふわもちくん』の抱き枕に気づいた。

「ふわもちくんの抱き枕はいいんですか？」

「うん、美宇がいるから……腕、触れていい？」

「ど、どうぞ……でも恥ずかしいので、反対向いてていいですか？」

「もちろん。慣れたらこっち向いてね」

慣れる日は来るのか、と心の中で叫ぶ。

晶は美宇の腕にそっと触れながら「理想のふわもちだ」と感激している。

「毎晩抱いて眠れるなんて夢みたいだ」

毎晩なのか、やっぱり抱くのか、と美宇は驚きつつも、二の腕に触れる晶の手はやはり不快ではなかった。もちろん緊張はするし、心臓はばくばくとうるさいが、美宇の脳裏には今日サインした契約書の内容が浮かんだ。

（妊活って……いつからするんだろう……？）

その瞬間、自分のお尻に何か硬いものが当たっていることに気づく。熱くて、時折ぴくりと震えて――。

（もしやこれは……晶さんの……！）

本人は気にしていないのか「ふわもちだ」とまだ二の腕に感動しているようだが、美宇はそれどころではない。むしろ、契約書の内容からすると、このまま妊活を始めたほうがいいのだろうかとさえ思う。

自分から持ちかけることの恥ずかしさに耐えながら「契約、これは契約」と自分に言い聞かせて晶を振り向いた。

「あの、契約書に書かれていた『妊活』なんですけど……いつからします……か……？」

晶が目を瞠る。

「えっ……一緒に眠れるようになって慣れてからと思ってたんだけど」

「あの……だって、その、お尻に……あの……」

硬い感触があることを伝えると、晶は「うわ、本当だ」と声を裏返す。やはり無自覚だったようだ。

「機能してない日々に慣れてたから……まさか今こうなるだなんて思ってなくて」

「私のほうこそ、先日はマイクか何かがベッドに転がってるのかなと思って、ぎゅってしてしまって……ごめんなさい」

晶は「マイク」と復唱して複雑そうな表情を浮かべる。

「そんなの……全然……むしろ……」

むしろなんだ、と互いに思ったのか、二人でくすくすと笑ってしまう。

「美宇、全部、こっち向ける？」

晶の低い声が少し掠れていて、なまめかしく聞こえてしまう。美宇はばくばくと跳ねる心臓あたりを手で押さえながら、顔だけでなく、寝返りを打って晶と向き合う。部屋にはほんのわずかな補助灯の灯りしかないが、近いので顔がよく見える。

（晶さん、まつげ長い……）

そんなことを思っていると、晶の顔が近づいて唇が触れそうになる。

「キスしていい？」

もうしようとしているじゃないか、と言いたかったが緊張と激しい動悸でそれどころではない。無防備な美男の「キスしていい？」がこれほど破壊力があるとは知らなかった。

（契約してもキスって許可制なの……？　なんて答えたらいいか分からないよ……！）

美宇はぎゅっと目を閉じて、蚊の鳴くような声で「はい」と答える。

ふわりと柔らかいものが唇に触れたあと、上唇を甘く食まれた。

「んっ……」

「お言葉に甘えて……今夜から……妊活、していい？」

美宇は目を閉じたまま、こくりとうなずいた。

契約とはいえ、彼とこれからすることを想像しても嫌な気分にはならなかった。

（むしろこの騒動で、好感度は——）

そのとき、大事なことに気づいてしまう。一体いつぶりの異性との接触だろうか——と。

大学三年生に初めてできた恋人は、両思いというよりは押し負けて付き合うようになった相手だった。就職活動が忙しくなって自然消滅するまでに持った身体の関係も数える程度で、痛みに耐えているうちに終わったという記憶しかない。その後は親が蒸発して働きづめだったので、経験も浅ければブランクも長い。

「あの、私、お伝えしそびれていたんですが」

美宇は自分の顔を両手で覆ってぼそぼそとつぶやく。その手をそっと剝がして「何？」と優しくのぞき込んでくる晶にどきどきしてしまう。

呆れられたり、がっかりさせたりするかもしれないが、これは契約上、事前に申告しておくべきことだと思い打ち明けた。

「もう何年も交際していないので、その、上手にできなかったらごめんなさい」

「そんなお遊戯みたいに！」

晶が驚いている。

「俺も別に経験豊富なわけじゃないし、この数年は女性不信でそれどころではなかったから、二人でゆっくり確かめていこう」

暗くて顔色までは分からないが、晶の声音が照れているような気がする。ベッドサイドのテーブルに手を伸ばしながら「しまった、ゴムがないな」と漏らした。

美宇が笑いながら指先で彼の腕をつついた。

「晶さん、つけたら妊活になりません」

「そうか……そうだよな」

太ももに当たっていた彼のそこが、ぴく、と動いた気がする。

「妊娠してもらうんだよな。なんだか緊張してきた……俺顔赤くない？」

「暗いからあまり分かりませんけど、私だって一緒です。ずっと緊張して心臓がばくばく言ってます」

「……でもごめん、興奮する」

晶の声が一層低くなる。二の腕をふにふにと揉んでいた大きな手が、美宇の腰にするりと回る。顔がゆっくりとこちらに近づいて、唇が塞がれた。

今度はついばむような小鳥のキスではなくて、境界線を割って押し開くような熱のこもったキスだった。

歯列を割って舌が滑り込む。自分が使ったマウスウォッシュと同じ香りがして、こうやって彼と生活を共有していくのだなと思い知る。

（初めてキスする人と妊活だなんて、絶対おかしいけど、おかしいんだけど……なんでこんなにふわふわするの……？）

舌が口内に入ってくると。同意や反応を欲しがるように、とがった舌先がちょんと美宇の舌を誘う。舌と舌が擦れ合う感覚に背中がゾクゾクする。

心臓が耳のそばにあるのではと思ってしまうほど、ばくばくと跳ねて緊張しているのに、心のどこかで冷静な自分がいて、やりとりしていた書き置きの文字を思い出していた。

『いつもありがとうございます』『週末テラスでバーベキューをしますので、周辺の整理をお願いします』

乱れのない、まっすぐで几帳面な文字。

（あの乱れのないきれいな文字を書く男の人と、こんなえっちなことしてるだなんて）

美宇は不思議な背徳感を味わっていた。

経験に乏しいため、キスの応え方はどうしたらいいのか正解が分からないが、晶をまねするように美宇も彼の舌先をちろりと舐めた。

間違えてないか不安になる前に、キスが激しくなってそれどころではなくなる。吸い上げられたり、搦め捕られたり——。

くすくすと彼から笑いが漏れるので問うように見つめると、晶が謝りながらこう告げた。

「書き置きで、あんなにきれいな文字や文章を書く人と、こんなキスしていると思うとなんだか悪いことをしているような気分になって」

その瞬間、背中から何かが這い上がった気がした。探り合ったり、試し合うようなキスをしながら、同じことを考えていたなんて——。

どれくらいキスをしていただろうか。自分と彼の舌の境界線が分からなくなったころには、身体がじんわりと熱くなって、全力疾走したみたいに息が乱れていた。お酒も飲んでいないのに、酔っ払っているみたいにくらくらする。

美宇の二の腕をつかんでいる晶の手が、移動し始める。

「他の場所も触れていい？」

「許可取るの……逆にえっちです」

それをＯＫだと受け止めてくれたようで、晶の手は脇腹を経由して臀部に到達する。

「あっ……っ」

力を入れた晶の指がお尻に埋まり、ふにふにと揉まれる。

「わ、柔らかい」

さらにもう片方の手は、パジャマ越しに胸に触れた。大きな手で胸が揉みしだかれる。人差し指が優しく乳輪あたりをなぞり、つるつるのシルク越しに意地悪をされる。

「あっ……」

「すごい、ふわふわだ……ここに顔を埋めて寝ていたなんて、贅沢(ぜいたく)だな俺……」

いちいち感想を口にするので美宇は恥ずかしくなって抗議する。

「もう……っ、言わないで……っ」

「さっきノーブラでお風呂から上がってきたから、目のやり場に困っていたけど」

「あ、そ、そうですね、男性と暮らしたことなかったからいつも通りにしちゃった……」

「だめじゃないよ、ドキドキしたってこと」

片方の手がパジャマのズボンの中に差し入れられる。下着の上から秘部の割れ目に沿って優しく指が這う。

「ここも……触るよ」

「あっ……、お借りしてるパジャマが汚れちゃうから……先に……脱ぎます……!」

「じゃあ俺にさせて」

晶は体を起こして、美宇のズボンを引き抜く。太ももに大きな手を這わせながら、内股をむにむにと揉んだ。

「ここもふわもちだ」

「スリムなズボンだときついときがあって……恥ずかしいです……」

「とても魅力的だよ、肌が手に吸い付いてくる。ここにもキスしていい？」

「いちいち聞くんですか」

「恥ずかしそうにうなずく顔がかわいいから」

そう言って、内ももにチュッと音を立ててキスをする。その音がなんだかいやらしく聞こえてしまって、美宇は両手で顔を隠した。

「昼間はあんなに優しいのに、晶さん、夜は意地悪です……」

「そういう言い方は男を煽(あお)るからよくない」

晶は体を起こし、自身のスウェット生地の寝間着を脱いだ。

赤みのある補助灯で照らされた彼の上半身は、しっかり引き締まっていて、筋肉の陰影がくっきりと浮かび上がる。毎朝ジムに行っているだけある。

（お、男の人の裸って、こんなにえっちだっけ……）

美宇は顔を覆った指の間から、思わずのぞいてしまう。それに気づかれたのか、晶は「普通に見たらいいのに」と笑った。容姿に自信がないと言えないせりふだ。

「俺にも見せて」

美宇のパジャマのボタンを外していく晶の手が、布越しでも熱く感じる。

心臓が爆発しそうだが、この恥ずかしさを乗り越えなければ妊活などできない。男性経験が少ないために、こんなふうに脱がされているときにどうしたらいいかも分からず、顔を隠したり、シーツをつかんだりするしかできないのだが。

「身体、少し起こせる？」

晶が美宇の背中に手を回し、少し浮かせるとパジャマを腕から引き抜いてすべて脱がせてしまった。ショーツ一枚だけの姿になった美宇は、恥ずかしくて胸元を腕で隠すが、そっと阻まれて晶の長い指が乳房に埋まる。

「あっ……」

「柔らかいし、もちもちだ」

最初は優しかった手つきも、次第に強くなっていく。揉みしだく指がばらばらに動くせいで、その振動で自分の乳房が波打った。指先が胸の飾りに触れると、何かのスイッチをいじるようにくりくりと愛撫していく。

「ん……っ、あ、あきら……さ……」

「何？」

何、と返事をしながらも指は止めてくれない。両方の乳首を指で優しく揉み潰す。

「やっ、あ……っ」

胸を愛撫されているのに、なぜか下腹部がじんじんする。

「よかった、感じてくれてるよね。ここ」

きゅっとつままれて初めて、美宇は自分の乳頭がツンとがっていることに気づく。自分に覆い被さる晶の吐息がそこにかかると、またピクンと腰が浮いてしまう。

晶の舌先がそこを何度か試すようにつつく。じれったくて口をぱくぱくしていると、急に口に含まれて吸い上げられた。

「ああっ」

適度な力でやわやわと揉まれながら乳輪ごと吸い上げられると、ひときわ大きな声が出てしまった。慌てて自分の口を手で塞ぐが、それも阻まれた。

「恥じらうのもかわいいけど、声、聞きたいな」

「でもご近所迷惑じゃ……」

「この階、うちしかないんだよ」

つい自分のアパートの感覚で騒音を心配してしまったが、ここは想像もつかない額のペントハウスなのだ。

吸い上げられた胸の果実は、彼の口内で舌先に転がされる。そのたびに信号を送られるかのように下腹部がきゅんとうずいてしまう。もう何年も恋人がいなかったことが嘘のように、身体がもっと触れられるのを期待している。

晶の指が下着の中に滑り込む。触れられて初めて、すでに濡れているのが分かった。

「や、やだ……わ、わたし、はしたな……」

「そんなことない、俺は嬉しいよ」

ゴツゴツとした指が淫らに濡れた割れ目をすりすりとなぞっていく。ゆっくりとそこを押し開かれ、敏感な肉芽に指の腹が触れた。

「ん……っ」

充血して普段以上にせつなくなっているそこは、触れられるのを待っていたように脳内にきゅんきゅんと快楽の信号を送ってくる。晶の指が往復するたびに、腰がピクピクと震えてしまった。

「あっ、あああっ」

「すごい。熱いね、ここ……」

晶は身体の位置をずらすと、美宇の脚の間に顔を近づけた。

「舐めさせて」

上目遣いでショーツを足から引き抜き、そろりと舌を出す晶は壮絶な色香を放っている。

「えっ……ええっ」

秘部を舐められた経験がない美宇は混乱した。晶の舌先がそこに届く前に、脚をぎゅっと閉じてそれを阻もうとした。

太ももに顔を挟まれる形となった晶は驚いた顔をしてこちらを見上げる。

「だ、だって……舐めるなんて……」

ぶつぶつといいわけする美宇をよそに、晶は自分の顔を挟む太ももの感触を楽しんでいた。

「すごい……ふわもちだ……」

晶の手が美宇の尻から太ももにかけて何度も撫で回す。顔を傾けて、太ももを唇で食んだり舌でべろりと舐め上げたり——。

「初夜にこんなすてきなことしてくれるなんて」

「いえ、あの、プレイじゃなくて……」

晶の目がぎゅっと閉じられたかと思うと、次に開いたときには、別人のような目つきになっていた。

「……興奮するじゃないか」

欲望を滾らせた、雄の眼光だった。


「あああああっ、とけ……っ、溶けちゃう……っ」

晶の顔を太ももに挟んだまま、美宇は背を反らせた。抵抗もむなしく、美宇の秘部は晶にこれでもかと舐られる。陰核は舌先で押し潰されたり擦り上げられたりしながら、どんどん充血していく。そこを唇で吸い上げられたときには、失禁してしまいそうなほどの快楽が美宇を駆け巡った。

「あ、あき、晶さん……っ、だめ……っ」

「すごい、あふれてくる……気持ちいいのに耐えようとしてる美宇もかわいいね」

恥ずかしがらせるようなことをわざと言って、美宇の表情を楽しんでいる。仕返しで太ももで晶の顔をぎゅっと押し潰して苦しめてやろうとすると、余計に瞳をぎらつかせて、美宇の秘部を舐るのだった。

何かがせり上がってくる感覚に、美宇は危機感を覚える。

「あっ、あれ……っ？　だ、だめ、だめ、きちゃう……っ」

美宇が耐えようと再び太ももを閉じると、晶はさらに舌先の動きを激しくして、じんじ

んと膨らんでいる花芽を刺激した。

「うん、いつでもいいよ、もっと激しくする?」

晶の舌の愛撫は、刺激するというより、なぶる、という表現がふさわしいと思えるほどにまでエスカレートした。

「ああっ、だめだめだめ、いっちゃうから……放して! 舐めちゃ——」

秘部からこちらを凝視している晶と目が合った瞬間、びくんと腰が跳ねて、舐められたそこから全身に快楽の波が押し寄せた。

「あああっ」

ようやく脚の力が抜けて、太ももに挟まれていた晶の頭が解放される。それを残念そうな表情で、内ももに唇を押しつけて追いかける。

性交経験があるとはいえ、他者から与えられる絶頂は初めてだった。

目の前でチカチカと火花が散っているような感覚と、全身に広がる甘い痺(しび)れに、美宇はうまく身体が動かせなくなっていた。

「あ……、んっ……まだ、身体が……っ」

勝手に腰が浮いて、足先まで震えてしまう。

晶が美宇の下腹部にチュッと音を立ててキスをする。

「嬉しい、俺の舌でイッてくれて」

晶は花がほころぶような笑みを浮かべ、美宇に顔を近づけ、布越しに太ももに硬い何かをすり……と押しつけた。

「俺のも……触ってくれる？」

何とは言わないが、美宇は何度もうなずいて手を晶の下腹部にそろりと伸ばす。下着越しにそれに触れると、熱くて太い塊がどくどくと脈打っていた。

（男性の……）

美宇は晶のボクサーパンツの中に手を滑り込ませて、つるりとした先端を撫でる。そこはすでに湿っていた。

「わ、美宇の手……気持ちいい」

晶が目を閉じて大きく息を吐く。震えるまつげが愛らしい。目の前の美丈夫を、自分が感じさせているのだと思うと、美宇は喜びと切ない気持ちがない交ぜになって、もっと触れたくなった。

「こ、擦ると気持ちいいですか？」

「ストレートに聞くね」

照れ笑いする晶に、美宇もつられて笑った。

「俺にも触らせて」

美宇が晶の昂ぶりを手で慰めているうちに、彼の節のある指が美宇の花弁を押し開き、中へ中へと侵入してくる。

「狭いね……痛くない？」

美宇は顔を隠して謝罪する。

「ご、ごめんなさい、お手間をとらせて……」

この数年は性行為どころか、忙しくて自分を慰めることだってほとんどなかった。慰めようにも、かつての痛かった性交経験を思うと、身体の内部にまで指を入れる気になど到底なれなかった。

風呂などで自分で準備のようなものをしたほうが迷惑をかけなかっただろうか。今日から妊活する可能性はあったのだから、晶が風呂に入っているときにでもスマートフォンで検索していればよかった、などと自分を責める。

「手間なんて。初めての夜が、痛みでつらい思い出に染まらないように大切にする」

なぜかじわりと勝手に涙が出る。性行為は痛い、という記憶が優しく包み込まれたようだった。

思いやりながらお互いの秘部に触れる――。契約ではあるけれど、そこにはセックスの本質があるような気がしたのだ。

「ゆっくりするから、痛いところ、気持ちのいいところ、全部俺に教えて。美宇」

「はい……晶さんのことも……教えてください……」

美宇は自分から、晶に口づけをした。すると触れていた彼の先端がぴくりと反応する。晶が恥ずかしそうにうつむくので、もう一度口づけをすると「もてあそんだな」と仕返しのように唇を塞がれ、彼の指が浅いところでうごめいた。

「ん、んっ……」

最初は異物感と恐怖が大きかったが、晶の優しいキスとまなざしに、こわばっていた身体からふにゃりと力が抜けていく。

最初は指一本だけで、ゆっくりゆっくり中をほぐしていく。同時に敏感な花芽も刺激されるため、そちらに意識が集中しているうちに、指がどんどん沈んでいく。美宇が触れている晶の昂ぶりも、美宇の声に反応して脈打っている。

（男の人って……こうなっている状態がずっと続くのはきついのかな）

気持ちのいいところをたくさん愛撫されると、本当に目の前の男性が自分を愛してくれているような気分になる。妊活契約だけど、本当に妊娠、出産してしまえば家族なのだし、今のうちに愛を育もうという計画なのだろうか。

晶の腕が、美宇の首の下に差し込まれた。そのたくましい腕にもどきりとしてしまう。濡れそぼった秘部から指がゆっくりと離れ、片方の太ももを持ち上げられた。同時に、美宇がおそるおそる触れていた晶の男根が手から離れ、割れ目にぴたりと触れた。

「……入れてもいいかな」

切なそうに、少し苦しそうに請われる。

美宇はうなずいて、晶の熱い胸板にそっと触れた。

激しい運動をしているわけでもないのにそこがどきどきしている。緊張しているのは自分だけではないと分かると、少し身体の力が抜けた。

柔らかな花弁を押し開いて、くちゅ、と中に入ってくる瞬間、美宇はぎゅっと目を閉じる。痛みを覚悟して、なるべく相手を不快にさせないように、と。

「美宇」

その瞬間、名前を呼ばれる。目を開けると、晶がくしゃりと破顔した。

「名前、呼びながらしたいだけ」

そのまま中に入ってくる熱の塊に、美宇はひゅっと喉を鳴らした。圧迫感に驚いたが、先ほど優しく愛撫されていたせいか痛みはない。

「あ……、あきらさ……」

彼に応えたくて名前を呼ぶと「うん」とだけ、優しい返事をくれた。

最初はゆっくりと、徐々に快楽を追い求める律動に変わっていく。

圧迫感もなくなると、自分にはないごつごつとした性器の雄々しさと、目の前で身体を揺らす彼の色香に、とろりと酔いしれていく。

せり上がってくる甘い痺れに耐えきれず、思わず晶の首に腕を回すと、背中に手を回して支えてくれた。指が背骨からうなじ、そして耳朶をなぞっていく。

「きつくない……？」

トントン……と優しくうかがいを立てるような律動に、美宇は何度もうなずいた。

「はい……んっ……、あの、熱くて……っ」

「俺もすごく熱を感じる……ゴムをつけずにするなんて初めてで」

晶は腰を揺らしながら、時折目を閉じてまつげを震わせた。自分の身体で感じてくれている彼の表情が、さらに美宇を興奮させた。中で彼を締めつけてしまったのか、また切ない表情を浮かべて晶が息を吐く。

お返しのようにピストンが速くなる。トントンとノックされるような動きから、穿たれるようなそれに。

「ひゃ、ああっ……」

「ああ、どうしよう……すごく気持ちいい……」

晶は半身を起こし、落ちてくる前髪を鬱陶しそうにかき上げながら美宇を責める。

美宇の両脚がひょいと持ち上げられ、まとめて晶の肩に担がれると、今度は両脚を閉じた状態で突き上げられる。その間も美宇の太ももをふにふにと触って堪能しているのだから、相当手触りが気に入っているようだ。

強く突き上げられると、胸が上下に揺れて恥ずかしい。それも晶がもう片方の手でつかみ、くにくにと揉みしだいたり、先端を指の腹で擦ったりした。

「あああっ、や、あき、あきらさ……っ」

気持ちのよさに混乱した美宇は、シーツをつかんで嬌声を上げることしかできなくなっていた。

「どうしよう、かわいい……もっと俺の名前呼んでみて……っ」

美宇の尻に、律動する晶の腰が当たり、肉がぶつかり合う音が響く。

「晶さんっ……、ああっ……晶さ……ンっ」

そのたびに蜜壺を占領する晶の剛直がびくんと跳ねる。そんなことは初めてで、彼は気持ちよくなってくれているのだろうか、何か作法を間違えていないのだろうか——と不安になった美宇は、喘ぎながら尋ねる。

「わ、私……ちゃんとえっち……っ、あああっ……で、できてますか……っンっ……」

「……もちろんだよ、なんでそんなにかわいいこと言うの」

どうにかなりそうだ、と晶は漏らして、美宇の身体を暴いていく。湿った抽挿音と荒い息、そしてベッドのきしむ音が部屋に響く。

「よ、よかったです……っ、私も……っ、すごく……おなかがキュンキュンして……っ変な感じで……あああっ」

つながっているという安心感と、せり上がってくる快楽で、美宇に多幸感が押し寄せる。契約なのに、気持ちよくなってしまっていいのだろうかという後ろめたさは、自分を揺さぶってまつげを震わせる晶を見ていると、どうでもよくなっていく。

両脚が広げられて、晶が身体を密着させてくる。顔が近づいてきて「ごめん」とささやかれた。

「興奮しすぎて、もう出そう……っ」

美宇はどうぞ、という意味を込めて晶にキスをする。すると舌が入り込んできた。

「ん……、んんっ」

子を宿す部屋の手前で、晶の雄が躍動する。

（そうだ、妊活だから……）

彼の精を受け止めなければならないのだ。

「ごめんね、俺の……っ、ああ、受けて……っ」

晶は小刻みに律動する。

「ああっ、あああーっ」

美宇もその快楽に身体をびくびくと震わせて、絶頂を迎える。

中がほんのりと熱く感じる。晶は美宇に覆い被さるように腰を打ちつけて果てた。

しばらくそのまま二人で余韻を味わっていたが、晶が身体を離して心配してくれた。

「……身体、大丈夫？」

「はい……」

二人でころりとベッドに転がる。晶が息を整えている横で、美宇はシーツで身体を隠した。

「……セックスって、こんなに気持ちいいものだったっけ」

最中に自分が思っていたことを、晶が口にしたので、美宇は思わず噴き出してしまった。

すねた顔で抗議する晶に、美宇は打ち明ける。

「私も……ずっと、同じことを思ってました」

ふふ、と笑ってみせると、晶は目元を手で覆って大きなため息をついた。

「これはやばいぞ……俺は近々獣になってしまう予感がする」

「紳士でしたよ」

「今日は理性を総動員させたからであって……」

晶はそう言いながら、美宇の二の腕をつかんでふにふにと感触を楽しんでいる。

「これが理性を騒動員させた手つき……?」

「この悪い手が美宇をシャワーに誘ってるみたいだけど」

「遠慮します」

「もう全部見たのに」

「身体洗うところは……見られるの……恥ずかしいです……」

「今後のお楽しみ、という受け止めでいいのかな」

違います、と答えたところで、美宇は笑いをこらえきれなくなった。セックスも、その後も、相手によっては、こんなに優しくて満たされる時間なのだと知ったのだった。

【かりそめの蜜月】

いろいろなことが起きすぎたせいか、それとも晶と身体をつなげたせいか、美宇はその夜、泥のように眠った。美宇をがっちりと抱き込んで眠った晶も同じだったようで、目覚めたときにはかなりすっきりとした顔をしていた。

美宇を起こさないようにジムに行こうとしたようだが、ふわもちくんの目覚まし時計が『起きるモチ！』と鳴ったせいで、それは成功しなかった。

「ごめんごめん、起こしてしまったね。まだゆっくり寝てて」

「今日は寝坊しちゃいましたけど、いつもはもうビル清掃に出勤してますので……」

しぱしぱする目を擦りながら半身を起こしたが、再びベッドに寝かされた。

のぞき込んできた晶と目が合う。カーテンの隙間から差し込む朝日を浴びて、寝起きの美男が自分に微笑みかけていた。

熱、吐息、汗ばんだ肌――。昨夜のことを一気に思い出してしまい、全身がゆで上がったように恥ずかしくなった。

（わわわわたし、晶さんとえっちしちゃったんだ……！）

美宇は慌てて羽毛布団を顔まで被った。

「こら、なんで顔を見せてくれないの」

こら、の響きが昨夜の余韻を持たせるように甘くて、余計にどきどきしてしまう。

「だって、は、恥ずかしくて、あ、あ、合わせる顔がありません……！」

ギシ、とベッドがきしんで揺れる。晶がそばに腰掛けたようだ。

布団の上からぽんぽん、と優しく叩かれる。

「落ち着いたら出てきて。会社行く前に顔見せてね、寂しいから」

寂しい、と言われると罪悪感が募る。

（妊活だけじゃなくて、婚約者になるんだった……ちゃんとしなきゃ！　頑張れ、美宇！）

自分を奮い立たせて、布団から顔をこっそりと出し「お、おはようございます……」と火照った顔で挨拶をする。

すでに筋トレ用のウェアに着替えていた晶は、爽やかに微笑んだ。

「お戻りになるまでに朝食用意しておきますね」

「無理しないで。有能なハウスキーパーさんが作り置きをしてくれているだろう？　とっても美味しいから一緒に食べよう」

そうだった。毎週金曜は、自宅で食事することの多い晶のために作り置きのおかずを何品か用意するのだ。自分がしていたのにすっかり忘れていた。

「作り置きのおかずを食べるのが週末の楽しみなんだ」

金曜日のうちに手をつけてしまうこともある、と晶は美宇を寝かしつけながら教えてくれた。

そういえば、書き置きに時折「作り置き美味しかったです、長ネギの南蛮は初めて食べました」などと感想が綴られていたことを思い出す。ふふ、と思わず笑いが漏れた。

晶が一時間ほどでジムから戻るまでに、作り置きのおかずと合わせて簡単な朝食を用意すると、いたく感動されてしまった。

「できたての朝食が食べられるなんて！」

普段から高タンパク、低脂肪の作り置きをリクエストされていたので、レンジとマグカップで茶碗蒸しを、豆腐と水菜で味噌汁を用意。そこに温めた作り置きを二品ほど、調味料や酢で浅漬けしたキュウリとミニトマトも添えた。米も炊飯器の早炊き機能を使って間に合った。

「所帯じみたメニューですが……」

セレブはカフェで出てくるようなおしゃれな朝食が好きかもしれない、と思いつつ、低脂肪なら和食がいいと思ったのだ。

晶は目を輝かせて食卓についた。姿勢よく手を合わせ「いただきます」と告げる姿がきれいだった。惰性でなく、ちゃんと「いただく」ことに感謝している人の「いただきます」だと思った。

「涙が出そう、すごく美味しい」

大げさに喜んでくれているのだろうと思ったが、ご飯を二杯もおかわりしたので本心のようだ。

「それに、こうして向き合って朝食をとるのって元気がもらえるね」

晶は無駄のない箸使いで朝食を頬張りながら、嬉しそうに言った。いつもは一人で食べているから、と。

美宇はなぜか顔が熱くなって「うちは毎朝戦争なので」と照れ隠しでふざけてしまった。

「きょうだい羨ましいな、もうすぐ俺のきょうだいにもなるんだけど」

そんな一言も、美宇を照れさせるのには十分だった。

美宇は身支度を調えた晶とともに階下の弟妹の部屋に移動し、今後のことを話し合った。

本日行われる学校側との話し合いにこの家を使っていいこと、あすはその内容とともに晶の紹介する弁護士に相談すること、美宇は当面この問題に向き合うため仕事を減らすこと――。美宇の派遣元フラワーメイドには、晶から二人の婚約と派遣契約の取りやめの連絡を入れてもらうことにした。

短い話し合いを終えると、その部屋から出勤する晶を見送る。

美宇は改めて礼を告げた。

「当然のことだよ、今日はなるべく早く帰ってくるから」

「はい、ではご夕飯用意してお待ちしてますね。行ってらっしゃいませ」

神手洗邸以外ではハウスキーパーとして見送りが当然だったので、癖でそうすると「ハウスキーパーじゃなくて婚約者として見送りしてほしいな」とたしなめられる。手の先を取られて、晶の口元に引き寄せられた。

「……身体は大丈夫？」

こんなときの晶のまなざしと色香にどきどきしてしまう。顔が熱くなるのを感じながら美宇がうなずくと、晶は指先にチュッと音を立ててキスをして出て行った。

爽やかなライトグレーのスーツに、あえて同系色のシャツとネクタイを合わせた上級者コーディネートの晶は、映画祭のレッドカーペットを歩く俳優を連想してしまうほど恰好がいい。

（どういうお仕事してるんだろうなあ、会社で働いたことないから想像もつかないや）

呆けた状態で見送っていると、背後で一連のやりとりを目撃してしまった妹が「お姉ちゃんの五百倍くらい恋愛脳な人だね」などと双方に失礼なことを言っていた。

弟・渉流の通う高校から教頭を含めた三人の教諭がこのマンションにやってきたのは、その日の午後だった。明里と渉流のために用意してもらった部屋で話し合いを持った。教諭三人に、美宇と渉流、午前で授業を切り上げて帰宅した明里が対峙する。

学校側はさまざまな理由をつけて、結局は渉流の自主退学を促した。

「先生、待ってください。ご迷惑をおかけしているのは重々承知しているんですが、まだ渉流から何も話を聞いていただいてませんよね。あんな動画のようないたずらをする子じゃないんです。それに撮影した子たちは——」

学年主任が美宇の発言を遮った。

「迷惑行為を働いたのは渉流くんです。おかげで学校の電話は鳴り続けるし、生徒たちは動揺するし、学び舎としての役目が果たせません。撮影した子たちまで退学にしろと？」

「違います、言い分を聞いてくださいと申し上げているんです。渉流は今は黙っていますが落ち着けばきっと話してくれます」

話し合いは平行線をたどり、今週末に部活動の顧問も同席してもう一度話し合いをすることになった。教頭たちの帰り際には「立派なおうちに転居できるくらいですから、他の学校への転入もそう難しくないのでは？」と嫌みすら言われたのだった。

教頭たちが帰ると、同席していた妹の明里が渉流の肩をつかんだ。

「渉流、どうして何も話さないの？　お姉ちゃんもあたしも、あんたが自分からあの動画みたいないたずらする子じゃないって分かってるんだよ。ちゃんと説明しないと本当に退学になっちゃうよ、それでもいいの？」

渉流は、うつろな表情でぽつりと漏らした。

「……ごめん。退学したら働いて、家に金入れるよ」

小生意気だけど明るくてまっすぐな渉流に、一体何が起きたのだろうか。裕福ではないながらも将来に希望を抱いてバスケットボールに夢中になっていた弟は、どこに行ってしまったのだろうか。

ううっ、と嗚咽（おえつ）を漏らし始めたのは明里のほうだった。

「どうしてこんなことに……お姉ちゃん、私や渉流を育てるために自分のキャリアを諦めて頑張ってくれてたのに！　蒸発したお母さんも、渉流の学校の先生も、大人はなんて無責任なの……！」

美宇は明里の肩を抱きながら、渉流を見つめた。

「私は大丈夫。渉流……気持ちが落ち着いたら話してくれると嬉しいな。誰が渉流を責めても、お姉ちゃんたちは渉流の味方だよ」

渉流は黙ってうつむく。テーブルの上で握った拳が震えていた。

夕食は明里たちの部屋でとり、美宇だけ最上階の晶の部屋に戻った。

午後八時ごろに帰宅した晶は、すぐにシャワーを浴びて、今日の学校との話し合いの内容を聞いてくれた。

「……トカゲの尻尾切りだな。週末の話し合いには弁護士も同席させよう」

明日は美宇も晶と一緒に出社するように、と晶が言った。

「えっ、会社にですか?」

「会社の俺の部屋に呼んでるから」

「そんな公私混同……」

「俺の婚約者のトラブルなら、会社にも少なからず影響する可能性があるっていいわけできるし」

晶はソファに歩み寄り、美宇の横に腰掛ける。

はっとした美宇は、彼との契約で「支障のない範囲で妊活にいそしむ」という項目を思い出す。「今日も妊活しますか？」と尋ねたが、晶は首を横に振った。

「つらい思いをした日にまでそんなこと考えなくていいよ、こっちに来て」

晶は美宇の肩を抱いて引き寄せる。

（慰めてくれてるんだ……）

彼の胸に頭を預ける体勢になり、美宇はどきどきしながらその胸板に手を寄せた。

「私よりも渉流が一番つらいと思うんです、何かを抱えてじっと耐えてるみたいで……」

「早く解決してあげないとな、高校生の時間って貴重だから」

神妙なことを言いながら、彼の手は美宇の二の腕をちゃっかりと揉んでいる。不思議と嫌な気分にはならないが、ちょっとくすぐったいし、昨晩のことを思い出してしまって心拍が速くなる。

「ふふ、言動が一致してないです」

思わず美宇は噴き出した。おかげで気分が軽くなった気がする。

「俺の意思に反して、この手が……」

「そんなにふわもちくんが好きなんですね」

「ふわもちくんはみんなのために存在する癒やしキャラだけど、美宇は結婚したら俺だけのふわもちさんだから、こんなに幸せなことはないよ」

もちろん婚約した時点で俺だけのものなんだけど、と付け加える。

「それほどふわもちに依存を……ストレスがたまる日々なんですね」

「憐憫のまなざしやめようね」

その日は妊活をせず、お互いを知る日、と決めてカウチソファで脚を伸ばして、たくさんおしゃべりをした。

晶は「大人のワルい夜だ」とチップスやチョコレートに、コーラやオレンジジュース、ココアまで用意してくれた。

二人でお笑い番組を見ながら、談笑する。その間も晶は美宇の肩を抱いていた。ずっと抱かれているので、最初はどきどきしたが次第に心拍が収まってくる。

必死に弟妹を守ってきたけれど、自分も何かに守られてよいのだ、という気分になり、なぜか胸が苦しくなった。

お互いどんな恋愛をしてきたか、という話題になる。

「それなりに交際はしてきたけど、いつも息苦しくて長続きしなかったんだ」

晶はリモコンでテレビ番組を選局しながら、そう明かした。

「女性たちにとって、エフェクトの社長の子である俺は、俺である前に『優良物件』なんだ。おまけに自分で言うのもなんだけど顔も悪くないだろう？　人の上に立つには容姿にも気を遣わないといけないから身体も鍛えてるし」

地位や容姿が邪魔をして、自分という人格を誰も見ていないような気がする、と晶は漏らした。

「落ち込んだり不眠に悩んだりしていたら『らしくない』とか言われて。じゃあ俺らしいって何なんだよ、と思って息苦しくなるんだ」

さらに女性からの執拗なアプローチにうんざりし、この数年は不眠に悩まされた。そこに過労も加わって男性機能に支障が出ていたのだという。ただ独身で恋人もいない晶を、女性たちが放っておくわけがなく、その上、親から「孫の顔を見せろ」攻撃がヒートアップ。悪循環に陥っていたのだそうだ。

晶は美宇をギュッと抱き寄せて、二の腕にするりと手を這わせた。

「それなのに美宇と寝てしまったあの日、すべての悩みが解消してた。普段の女性に対する不信感は、これまでの美宇の働きぶりを知っていたからそもそもないし……目が覚めたとき、もしかして死んだから天使に抱かれてるのかなんて思ったり」

晶は手に取ったチョコレートを、美宇の口元に寄せた。食べさせてくれるようだ。これ以上はダイエットによくない、と首を振るが「痩せたらだめ」と口の中にねじ込まれた。

「大変だったんですね……自分にかなえられないものはないっていうくらい恵まれた方な

のかと思ってました」

チョコレートを咀嚼しながら、美宇は印象を素直に伝える。

「親が履かせた下駄なんだよ。一緒に頑張ってきた同僚たちを思うと、その下駄を無責任に脱ぐわけにもいかないし。本当の俺は、ふわもちくん抱き枕に『疲れたぞ～』とか話しかけてる危ない三十路なのに」

「じゃあ、危ない人はもう卒業ですね」

美宇のせりふに、晶が首をかしげる。

「だって、人間のふわもちさんもいるわけですから『疲れたぞ～』って話しかけても独り言にはならないじゃないですか。こちらは返事ができるふわもちです」

ほわほわと頬を染めた晶が、両腕を巻きつけて「結婚しよ」とぎゅうぎゅうに抱きしめてくる。こんなふうにささやかれると、愛されているような錯覚に陥ってしまう。跳ね回る心臓に静まるよう言い聞かせ、なんとか言い返す。

「こ、婚約したじゃないですか」

「そうだった」

美宇のことも知りたい、と晶が言うので、乏しい恋愛経験を話した。

大学生のときに押しの強い同級生に告白されて付き合ったこと、就職活動や親の蒸発で自然消滅したこと――。

「自然消滅？　美宇を手放す男がいるのか？　信じられない……」

お世辞でもそう言ってくれるのは嬉しい。

「多分大きな問題だと思われてたことがあって」

美宇は思いきって打ち明けた。セックスが痛くて怖がっていたから愛想を尽かされたのだろうということを。

晶の指の背が、慰めるように美宇の頬をなぞる。そのくすぐったさと、胸の底からくすくすとこみ上げる温かさに、美宇は笑いながらこう言った。

「なので昨日、晶さんとできてよかったなって……思って」

「よかった？」

「その、痛いだけじゃないというか、セックスって本当は気持ちのいいコトなんだって教えてもらえたので」

感謝の気持ちを素直に伝えると、晶はなぜか顔を乙女のように両手で隠してしまった。

「晶さん？」と彼を美宇はのぞき込んだ。

晶は目をぎゅっと閉じて、苦しそうにつぶやいた。

「大切にします……」

何が彼をそう思わせたのかは分からないが、美宇は「はい」と返事をした。契約とはいえ、こんなふうに言われると、胸の奥がじわりと温まるのだった。


翌朝、美宇は朝食を終えると晶と一緒にマンションの地下に向かった。

そこで待っていたのは晶の役員送迎車。スーツに白い手袋を着用した運転手が、恭しく頭を下げて後部座席のドアを開けた。

「おはようございます、相良さん」

晶は運転手にも爽やかに挨拶をして、美宇をエスコートする。高級車に乗り慣れていないので緊張する。「弁護士と会うだけだから服なんてなんでもいい」という晶の言葉を信じて、シンプルなグレーのワンピースを着たが、これでよかったのだろうかと不安になる。晶は自分の身体にぴったりと合った、上質な紺のスーツを纏っているというのに。

二十分ほどで車は晶の本社が入った高層ビルに到着した。東京駅に直結したオフィスビルで「エフェクトホールディングス」はこの十九階から四十六階までを借りているという。

晶の役員室があるのは、マッチング事業フロアの三十五階。二人でエレベーターに乗り込むと、一緒に乗っていた社員たちが自分たちと距離を取るように端に詰めた。なぜかごくりと息を呑むような音もする。みんなが明らかに緊張しているのに、晶は気にもとめず、美宇に話しかける。

「もう俺の部屋に来ていると思うから」

「は、はい……」

美宇は周囲の視線が気になって仕方がない。

「大丈夫だよ、俺も同席するし……もしかして緊張してる？　美宇？」

晶が優しげにファーストネームで問いかけた瞬間、エレベーター内の空気がさらに張り詰めた。みんな視線をそらしてはいるが、意識はこっちに向けているようで（名前で呼んだ！）と顔に書いてあるようだ。

三十五階に到着すると、晶がさりげなく肩に手を置いて「降りるよ」とささやいた。

「心配しなくても今日会う弁護士は悪友なんだ。婚約者を連れてくるって言ったら、なんでもっと早く紹介しないんだって大騒ぎでさ。気さくなやつだからリラックスして」

婚約者というワードまで飛び出る。美宇はヒヤヒヤしてエレベーターを振り向くと、乗っていた人たちが一様に顔を赤くし、口をあんぐりと開けて、扉が閉まるまでこちらを見ていた。

廊下を歩きながら美宇は尋ねた。

「婚約者だなんて人がいるところで言っていいんですか？」

「どうして？　本当のことじゃないか」

「いえ、でも私なんかが――」

そう言いかけるが廊下やフロアでも、たくさんの社員がこちらを凝視する。

役員室の扉を開けた晶にエスコートされて入室すると、少し驚いた様子の男女がデスクから立ち上がって頭を下げた。

「おはようございます、神手洗常務」

男性は四十代くらい、女性二人は二十代から三十代のすらりとした人たちだった。装いも清潔でおしゃれ、表情に賢さがにじむ。

「おはようございます。もう保科（ほしな）弁護士は来ていますか？」

晶は三人を美宇に「役員室の秘書のみなさん」と紹介した。

「はい、お部屋でお待ちです」

すらりとしたパンツスーツの女性がそう答える。顔を上げてこちらを見るので、美宇は慌てて頭を下げた。彼女の視線に気づいた晶が、秘書たちに美宇を紹介した。

「こちら酒井美宇さん。俺、婚約したんだ」

顔を上げた彼らの「えっ？」という心の声が聞こえてくるようだ。

ちくちくとした視線を感じながら役員室に入る。そこで、晶の悪友だという弁護士の保科を紹介された。すらりとした細身の男性で、垂れ目のせいか真顔でも微笑んでいるように見えた。

「いや、びっくりしました。週末に『婚約者のことで相談がある』ってメッセージが入って、彼女いたなんて話すら聞いてないって文句を言っていたところです」

保科はエフェクトホールディングスと顧問契約をしている弁護士の一人だが、今回の案件は晶個人から請け負うという。彼の口ぶりから察するに、美宇との妊活結婚契約書のリーガルチェックは別の弁護士に依頼したようだ。

美宇は自己紹介もそこそこに、保科に一連の騒動を話した。晶がそれに補助的な説明をして「退学を迫る学校との折衝、コンビニ側との折衝や訴訟をお前に任せたい」と告げた。

「晶から時系列でまとめたものをもらっていますから、概ね大丈夫ですね……金曜日の学校との面談は俺が同席しましょう。威力業務妨害にまではならないと思いますが、まずはコンビニ側に謝罪ができるかどうかについても、こちらで確認を」

コンビニへの謝罪は、一度電話を入れたら断られたことも伝えたが、保科によると本社法務部から謝罪を受けるような裁量を店長には与えられていないだろうということだった。

「どちらにせよ、渉流くんの様子からすると、どうしてこんなことをしたのか、という点は解明が必要でしょうね」

保科の指摘に、美宇は頭を下げることしかできなかった。その背中を晶がそっと支えてくれていたので、不安な中でもしっかり受け答えをすることができたように思う。

打ち合わせを終えた保科は「お前たちの婚約については別日にしっかり聞かせてもらうからな、逃げるなよ」と砕けた口調で晶に釘を刺して、役員室から出て行った。美宇もお暇をしようとするが、晶に手首をつかまれた。

「今日最低限のタスクを終えたら、一緒に帰りたいんだけど待っててくれないか。買い物もしなきゃいけないし」

昼ごろには終わるというので、美宇は近くのカフェで待とうとしたが、コーヒーを下げにきた秘書の女性が「お待ちになるのでしたら社内をご案内しましょうか」と申し出た。

申し訳ないと思いつつも、一流企業のオフィスへの好奇心が勝ってしまい、その提案に甘えることにした。晶の部屋を出て、改めて秘書のみなさんに挨拶をする。

「突然お邪魔して申し訳ありませんでした、社内まで見学させていただけるなんて」

秘書の一人で、四十代くらいの男性がにこやかに答えた。

「いえいえ、お会いできて光栄です。神手洗常務が職場にパートナーの方をお連れになるのは初めてのことで、先ほどは少し驚いてしまいました、大変失礼いたしました。社長もさぞお喜びのことでしょう」

社長とはおそらく晶の父のことだ。まだ会っていない美宇は笑ってごまかすしかない。

社内はその場にいた一番若い女性秘書に案内してもらうことになった。もらった名刺には「桐谷玲於奈」と書かれていた。

すらりとした身体にフィットした、美しいラインのスーツを着こなす女性だった。黒のロングヘアはおしゃれに緩くウェーブしていてつやがある。

玲於奈はにこやかに美宇に挨拶をし、役員室を出たと同時に「神手洗常務のお仕事が終わるまで一時間ほどですので、ご案内するにはちょうどいいと思います」と話しかけてきたため、マッチング事業フロアにいた社員たちが一斉にこちらを見た。

驚いている人もいれば、「あれが婚約者の……」とすでに噂を知っている人もいて、美宇は恥ずかしくなってうつむいた。好奇の目、値踏みするような目――。普段ハウスキーパーやビルの清掃など、人の視線を集めることのない仕事をしているせいか、居心地の悪さを覚える。若い女性たちの一部は、なぜかこちらを見て笑っていた。服をつまんで見せながら三人で顔を見合わせている。

（あ……服装だ……）

美宇はグレーのワンピースを、恥ずかしくなってギュッとつかんだ。トランクに詰めてきた服の中で一番フォーマルなものを選んだのだが、どうも野暮ったく見えるようだ。色の淡い細身のスーツを着こなしている玲於奈と並ぶと、余計に惨めな気分になった。

「あ……なんだか、注目されてますね……野暮ったい服を着ているからでしょうか」

うろたえる美宇に、玲於奈がにっこりと微笑んだ。

「そんなことはないと思いますよ、素敵なワンピースです」

いい人だ、と見上げると、玲於奈の顔から笑みが消えていた。

「それを着ていれば素朴で飾らない、純情そうな女性に見えますものね」

どくっ、と心臓が大きく一度跳ねる。

美女に無表情で見下ろされるというのは、これほど恐怖を感じるものなのか。視線も先ほどとは違って、軽蔑したような色を孕んでいる。玲於奈はその一言を記憶から消したかのように、美宇を各フロアに案内してくれたが、恐怖と緊張と不安で、ほとんど頭に入ってこなかった。

かろうじて彼女の言葉で覚えているのは、玲於奈が所属する第二秘書室が晶を含む三人の役員を担当していること、中でも玲於奈は晶に目をかけてもらっていること——だった。

ぼーっとした状態で晶の部屋に戻ると「疲れた?」と気遣ってくれた。

美宇はソファに座って「少し」と返事をすると、晶は玲於奈に声をかけた。

「桐谷さん、銀座のランディールに二時間遅れるって伝えてもらえるかな」

玲於奈は一瞬瞠目して「ランディール……ですか」と問い返す。ブランドに疎い美宇だって知っている、デザインはシンプルながら、ラインやツイード生地にこだわりを持ったイタリアのハイブランドだ。

「正午ごろに行くって連絡しているんだ。美宇が疲れてるみたいだから……先にゆっくりランチをしよう」

晶によると、彼と契約しているスタイリストに相談したところ、美宇にはランディールが合うだろうとアドバイスをもらい、来店の連絡を入れていたのだという。

「そうですね、お召し物は大事ですものね」

玲於奈が美宇だけに見えるように冷笑している。

「美宇は何着てもかわいいけどね。せっかくウオークインクローゼットがあるんだから埋めようよ。バッグとアクセサリーはまた今度家で選ぶから、ひとまず服と靴だ」

「家で選ぶ？」

「外商を呼んでる」

ガイショウ、がすぐには理解できず、分からないままこくんとうなずく。

別の女性秘書が驚いたように「もう一緒にお住みなのですね」と向けると、晶が照れくさそうに頭をかいた。

「そうなんだ、それまでも平日はほぼ来てもらってたんだけどね」

確かに週に四日は行っていた。それはハウスキーパーとしてなのだが……と美宇は思いつつ、嘘ではないので一緒にうなずく。

「まあとっても仲がよろしいのですね、こんなにまなじりを下げた神手洗常務、初めて見ますね室長」

もう一人の女性秘書から室長、と呼ばれた男性が、うんうん、とうなずいた。その後ろに控えた玲於奈だけは、目が笑っていなかった。

（あの秘書さんには、みすぼらしいから嫌われちゃったかな）

ホテルのレストランでゆったりとランチをすると、そのままランディールの銀座店に入った。すでに店員が並んでいて「神手洗さま」と恭しく頭を下げた。

ランチの際に、自分の稼ぎでは手が出ないと行くのを渋ると、晶は契約を持ち出した。その中に、必要経費は晶が負担する、という内容が含まれていた。

必要な物品、というと晶の両親との面談に必要な服だろうかと尋ねると、晶は「普通に着る服だよ」と首をかしげた。

「ランディールは生地の肌触りも大切にしてるから、俺も好きなんだ。Tシャツとか結構持ってる」

美宇の持っているTシャツは、どれも衣料品量販店「たかむら」の千円以内のそれだ。ゼロが二つ増えるような店で買うTシャツなんて触れたこともない。今着ている八千九百円のワンピースだって、弟の高校の入学式のために勇気を出して買ったというのに。

「いいんだ。スタイリストに美宇の写真見せたら、絶対ここの服が似合うって鼻息荒くしてたから、俺にファッションショーも楽しませて」

美宇は店員たちに奥に案内され、あれやこれやと着せ替えられた。ランディールの服に袖を通す日が来るとは、と自分の不思議な運命に笑うしかなかった。

「美宇さまのお顔色に合うツイードのセットアップがありますので、ぜひご試着くださいませ」

店員が勧めてくれたのは、ベージュベースにピンクとオレンジが入った生地のセットアップだった。ノーカラーで濃いグレージュの縁取りがされたデザインは、奇抜さはないが華やかに見える。

「縁取りが濃いので、秋冬もしっかり活躍しますよ」

袖を通してみると、裏地まで肌触りがいい。

ソファに掛けたままマフラーを見ていた晶に、試着した姿を見せると、ぱっと表情を明るくした。

「スタイリストの言った通りだ、似合うね！」

「こんな素敵な服……着てるだけでどきどきします」

「俺と二人でいるときより？」

美宇が、動悸の種類が違う、と答えると「真面目に返事されちゃった」と他の店員たちを笑わせた。

晶はその生地で作られたワンピースやトップスも頼み、そして色違いまで購入した。Tシャツやデニムなどもどんどん買い上げていく。確かに仕立ても肌触りもいいが、値段はもう想像のつかない状態になっていた。美宇は目が回って、言われるがままに試着する。

試着室のそばに控えていた店員が「ご婚約おめでとうございます」と祝福してくれた。すでに晶が話していたようだ。

「神手洗さまはご自身のお買い物をされるときは、貸し切りにはせずお一人で気軽にいらっしゃるんですよ」

それを聞いて美宇は驚愕した。

「えっ！　貸し切りなんですか」

そんなことができるのも知らなかったが、確かに見渡してもフロアに他の客がいない。

平日だからかと思っていたが、晶が手配していたのか――。

こんな大それた買い物が必要経費といえるのか……と疑問に思ったが、ふと先ほどエフェクト本社で服装を笑われたことを思い出した。

（そうか、私がみすぼらしい恰好をしていると、晶さんの沽券に関わるんだ）

買い物を終え、車に乗り込みながら美宇はふん、と息まいた。

「こんな素敵な服を着こなせるレディを目指しますね」

「十分似合うから買ったんだよ」

晶は笑いながらネクタイを緩める。明里や渉流の被服費については当人たちの望む形で渡したい、と気を遣ってくれた。それは必要経費ではないと断ろうとしたが、契約に家族の生活援助という項目がある以上、これは自分の責任なのだと晶は強情だった。

「あと、これは個人的なお願いだけど、袖のない服とミニスカートは外では着ないでほしい……」

そもそもコンプレックスが手伝って、普段そのような服は選ばないのだが、理由を問うと晶は窓の外に顔を向けて、ぼそぼそと答えた。

「他の人に見せたくない」

NG指定された服は、美宇が最も気にしている、そして晶が好きな〝ふわもちパーツ〟

が露出してしまう服だった。

「ただの独占欲です……」

美宇は晶がかわいくなってしまい、彼の顔をのぞき込んだ。

「部屋着としてはありますが、人前では生まれて一度も着たことないし、これからも着る予定ないので大丈夫ですよ。私にとっては恥ずかしい部分なので」

「高校のときは？　スカート短くなかったの？」

「してません、体育も短パンが嫌だったので盛夏でもジャージでした。本当にコンプレックスなんですよ」

それから晶が帰宅までずっとニコニコとしていたので、面白くて仕方がなかった。「そうか、見たのは俺だけか」などと言っている。見たどころか、揉んだり口づけしたりしたことがあるくせに。

夕飯の支度をしているときも「ちょっと失礼」などと恰好つけた言い方で後ろから抱きついてきて、「そうかそうか」と二の腕に触れる。本当に触感が大好きらしい。

「今日は渉流の好物にしていいですか？」

夕飯を一緒に食べる約束をしていたので、晶に許可を取る。

「もちろん、俺も支度手伝うよ。食後は渉流くんたちの前で、今日買った服のファッションショーもしよう」

　固辞したつもりが、晶が明里にショッピングのことをばらしてしまったので、買った服すべてを再び着て見せることになったのだった。

「お姉ちゃん、自分のことは二の次で、私たちのことにばかりお金を使ってたので、晶さんに強引にでも買ってもらえてよかったです」

　明里は帰り際、晶にそう礼を言った。美宇は弟妹に「私のことは気にしなくていい」と言い続けてきたが、明里はそれを負い目に感じていたのかもしれない。

　その日、晶はなぜか美宇の面倒を見たがった。「婚約者としての絆（きずな）を強めなければ」などと言っているが、しているのは風呂上がりの髪を乾かしたり、就寝前にハンドクリームを塗ったり――。

「美宇が大事にする優先順位、俺といるときだけは『自分自身』を一番上にしてもらいたいから」

　ベッドに二人で腰掛ける。晶の指がハンドクリームと一緒に手の甲を滑っていく。その手つきが優しくて温かくて、美宇はとろりと気持ちまでほぐれた。

（あ、この香り知ってる）

　顔を合わせる前に、書き置きとともにプレゼントしてくれたハンドクリームと同じものだった。

「以前これをいただいてから、大切にちょっとずつ使いました」

覚えててくれたんだ、と晶は照れくさそうに笑った。

「なくなったらまた取り寄せるから、たくさん使って」

ハンドクリームを伸ばすために晶の骨張った手が指の間を滑っていく。その感触だけでもどきどきするので、美宇は手ばかり見て顔を上げられない。無言だと百メートル走をしたかのような心臓の音がばれてしまいそうだ。

「あの、今日はいろいろありがとうございました。保科さんのことといい、お仕事を切り上げてのお買い物といい……」

「気にしないで、契約を履行しているだけなんだから」

契約、という言葉がなぜかずしりと重く響く。渉流のトラブル解決、必要な経費の負担――。確かに契約書に盛り込まれている内容だ。そう思うほど、自分の中で膨らんだ何かがしぼんでいく気がした。誰かに耳打ちでもされたように。

好意ではないぞ、勘違いするな、と。

だったら、と晶の手をギュッと握り返した。自分にだって契約を果たす義務がある、と。

「二度目の妊活……しますか?」

晶を見上げると、一瞬うろたえたような表情を浮かべた。そうして恥ずかしそうに自分の顔を隠した。

「顔に出さないように頑張ってたのにバレたのかな、恥ずかしい」

何がばれたのか、と首をかしげると、晶は下まぶたを赤くして白状した。

「もっと触りたいって思ってたこと」

晶の指が手のひらから、手首にするりと移動する。

「あっ……」

手がぴくりと反応する。

「白いね、肌」

手首の血管や筋を身体の中心に向かってなぞられる。

「清掃もハウスキーパーも、室内の仕事なので……」

指がなぞった部分に、晶がゆっくりと唇を落としていく。優しいキスではなく、小鳥がくちばしでつまむようなキスだった。

「疲れてなければ、今日もしたい。本能に負けて痛い思いさせたりしないから……」

手首に舌を這わせながら、晶が上目遣いで請う。昨夜の美宇の話を、きちんと咀嚼して気遣ってくれているのだ。

その優しさに、緊張が溶けていく。

イエス、と伝える代わりに、パジャマのボタンを自分で外し、肩からシーツに落とした。

晶は「口開けて」と低い声で誘うと、美宇の舌を搦め捕った。


「んっ、あっ、もうっ、そこばかり……！」

ベッドに仰向けになった美宇は、ずっと秘部を舐め続けて何度も絶頂を味わわせる晶に抵抗すべく、彼の顔を太ももで挟む。それでも彼の温かい舌は止まることなく、むしろ太ももに指を食い込ませながら、美宇の敏感な花芽を吸い上げたり、中を舐ったりした。ときに両方を指と舌で同時に責められるので数えきれないほど達してしまい、そこを愛液であふれさせた。

「すごい、いっぱいイッてとろとろだ……」

晶の舌の面積の広い部分で、充血した肉粒をぞろりと舐め上げる。身体を震わせながら美宇は抗議した。

「ああっ、こ、れでは……妊活になりま……っせん！　私ばかり……ふぁっ……んっ」

「妊活するとはいえ獣じゃないんだから、ちゃんとまっとうなセックスしようよ」

秘部を舐めてばかりのくせに、何がまっとうなセックスだ、と抗弁していると、太ももをつかんでいた晶の手が胸に伸びてきて、胸の頂に人差し指を埋めながら他四本の指で乳房を揉みしだいた。

「あっ、ああっ、んんっ」

中に差し入れられていた晶の舌を、内壁が締めつけてしまったのか、晶が少し驚く。

「かわい……」

晶は身体を起こして、自分のそそり立った陰茎を手で何度か扱く。トーンを落とした照明が、びくびくと脈打つ男性の象徴を、血管までくっきりと浮かび上がらせた。

晶は身体を起こすと、美宇の秘部にその先端をあてがう。ゆっくりするから、と低い声でささやいて。美宇がうなずくと、ぎゅっと手を握られた。同時に、ずっ、ずっ……と晶のそれが浅く出入りする。

「んっ……」

「痛くない？」

緊張している美宇が心配で思いきり挿入できないようだ。自分にもう少し経験があれば、こんな腫れ物に触るようなセックスをさせずに済んだのに――と美宇は情けなくなってしまう。昨夜、自分の過去の恋愛を打ち明けなければよかった、と。

「ここ、触るね」

陰茎が出入りするそばで刺激を待っていた美宇の花芽を、晶は指で擦った。

「ああっ」

びくんっ、と腰が揺れ、ひときわ大きな嬌声が出てしまう。おなかの奥が熱に支配されて広がっていく感覚と、敏感な部分から全身に流れる「気持ちいい」という信号で、余計なことが考えられなくなる。水音が一層大きくなったので、きっと秘部はとろとろに蜜をあふれさせているのだろう。もう確認する勇気もない。

「ああっ、んっ、ふかい……っ」

晶の先端がどんどん奥へと侵入していくのが分かる。与えられる二重奏のような快楽を追いかけたくて、ぎゅっと目を閉じた。

すると、まぶたに温かいものが這う。開眼すると晶がそばで微笑んでいた。彼がまぶたを舐めたのだ。

「俺の顔を見て」

晶の胸板に手を添えると、彼は相好を崩して「いい子だね」と頬を撫でてくれた。いい子、だなんて十数年ぶりに言われた。

そうして彼の顔を見ながら身体が揺さぶられると、なぜか快楽が何倍にもなっていった。

「えっ……？　あ、あ……」

戸惑いが隠せないでいると、晶が耳元でささやいた。

「痛くないセックスを覚えたら、次は〝俺とのセックス〟で感じてほしいんだ」

密着した身体から漂うシャンプーの香りのせいか、くらくらと酔ってしまいそうだ。そのまま身体を預けると、晶の律動がより小刻みになっていく。

身体をくるりとうつ伏せにされて、腰を持ち上げられた。今度は後ろからねっとりと貫かれる。

「ぁああっ」

またノックされる場所が変わって、美宇は背を反らせた。同時にお尻もいやらしく揉まれてしまう。

後背位から突き上げられると、胸がその反動で大きく揺れて恥ずかしい。美宇は片方の腕でそれを押さえようとするが、晶に阻まれた。

「隠したらだめだよ」

「でも……ああっ、ゆ、揺れ……て……っ見苦し……っ」

そんなわけないだろう、と晶が胸の先をきゅっとつまんだ。

「官能的でどうにかなりそうだよ。もうずっとイきそう」

「あっ、どうしようっ、きちゃう……っ」

美宇が悶えながら申告すると、晶も限界が近いと教えてくれた。

「一緒にいけるかな……」

晶のピストンに揺さぶられながら、美宇は嬌声を上げた。絶頂とともに晶の熱も注がれて身体がけいれんしてしまう。

これはいけない、と端に追いやられた理性が警鐘を鳴らしていた。

このままでは溺れてしまう――と。


渉流は相変わらず学校を休んでいる。学校側としてはそのまま自主退学に持ち込みたいのだろうが、勝手に手続きを進めるわけにもいかないので何度も電話をかけてきた。めどをつけた上で、金曜の話し合いで退学手続きの書類にはんこをもらいたいのだろう。

渉流のケアにも時間を割きたいと、美宇は晶と話し合ってビル清掃の仕事を退職することにした。神手洗邸のハウスキーパー派遣もなくなったため、収入が激減している。弟妹のための貯蓄を増やしたいため、来週から週二日はフラワーメイドでハウスキーパーとして働くことにした。

晶に養ってもらう手前、自宅の家事も担うつもりだったが、それに対しては晶が「契約には家事項目がない」と拒否。それでもこれまで自分がきれいにしてきた家で思い入れもあるので人には任せたくなかった。結局、週三日の家事代行分のお小遣いを晶からもらう――という不思議な形になった。

また不思議なことに、ときどき書き置きが欲しい、とも言われた。会ったこともなかったころのあのやりとりを、晶も楽しいと思ってくれていたのかと思うとくすぐったい。美宇は先に就寝する際には、必ず書き置きを残すようにした。

翌日に学校との打ち合わせを控えた木曜日、突然、渉流の所属するバスケットボール部の顧問が訪ねてきた。渉流から連絡をもらい、慌てて五階の弟妹の部屋に移動すると、背の高い男性が玄関に立っていた。すらりとした細身だが、背丈は晶と同じくらいだろうか。後ろ姿だけでも身長の低い美宇にとっては威圧的に感じる。

「あの……顧問の先生でしょうか、私、渉流の姉でございます」

後ろから声をかけると、その教諭がくるりと振り返った。

「ああ突然すみません、お姉さん。顧問の萩野(はぎの)と申しま――」

そう言いかけて、彼ははたと動きを止めた。

「あれ?　もしかして酒井?　〝ジャージのミーちゃん〟の?」

身体を少し折って、一重の涼しい顔を近づけてくる。この距離感、この声、この背の高さ、そして何よりその呼び方――。高校で同級生だった萩野だ。

「は……萩野くん……？」

うわー、と萩野が腰に手を当てて、大げさに声を上げる。

「渉流って酒井の弟だったんだ。すごい偶然だな！」

心臓がドッと嫌な音を立てた。

バスケ部のエースで爽やかイケメンとしてモテていた彼だが、萩野を中心にした数人の男子が、体育でジャージを脱がない美宇のことを「ジャージのミーちゃん」とあだ名をつけて、よく美宇に「ミーちゃん、ジャージ脱がないの～」「出し惜しみすんなよ」などとちょっかいをかけていたのだ。ジャージのウエストのゴムを引っ張られたこともある。

担任の教諭に訴えたこともあったが「酒井がかわいくてちょっかい出してるんだよ」とあしらわれてしまった嫌な記憶もある。

「うわ……びっくり。酒井、もともとかわいかったけど……きれいになったな！」

言われても全然嬉しくない美宇は、はは、と乾いた笑いだけを浮かべて萩野に家に上がるように促した。

リビングで紅茶を出し、改めて頭を下げた。

「このたびはご迷惑をおかけして申し訳ありません……ちなみに今日は……」

美宇は背中に嫌な汗をかいていた。高校時代にからかわれた思い出が脳裏に次々とよみがえるからだ。

「そんな他人行儀な挨拶するなよ。感動の再会じゃん」

「え……でも、そんなに仲良くなかった……ですよね？」

「酒井がよそよそしかっただけで俺たちかなりアピールしてたよ。視界に入りたくてさ」

視界に入りたくて、ジャージを脱げだの、出し惜しみするな、など言っていたのかと思うと腹が立って仕方がない。

萩野は聞いてもいないのに、教員になった理由や、バスケ部顧問としていい成績を収めていることなど、ひとしきり自分の話をした。美宇の横に座った渉流は、ただ無表情でテーブルを見つめている。

「で、今日来たのは、動画に関わったバスケ部員のことなんだ」

萩野によると、コンビニの防犯カメラには渉流の他に四人のバスケ部員が一緒に映っていたそうだ。それは割り出せたのだが、誰が撮影して、誰がＳＮＳで拡散させたのかについては、全員が口をつぐんでいるのだという。

「あの動画撮影の経緯については何か分かったんでしょうか」

「みんな口を揃えて、渉流が発案して勝手にやったと言ってるよ」

美宇が横に座っている渉流を見ると、うつむいて膝の上で拳を作っていた。その拳が小刻みに震えているのが分かる。

「萩野先生……渉流はそんな子じゃないんです」

萩野は「先生なんてやめてよ」と手を振りながら、美宇の意見には同意してくれた。

「俺ももっと話を聞いてみようと思ってる。渉流は人一倍練習してたし、後片付けだって率先してやってたし、動画見たけどキャラが全然違うから違和感があったんだよな」

学校側に初めて理解者がいたと知って、美宇は救われた気持ちになった。それが苦手な元同級生だったとしても、だ。

「まーでも、この事件のおかげで酒井とも再会できたしな、何事も縁だな！　渉流のお姉さんたちが美人だっていうのはバスケ部でも話題になってたからなあ、それがまさか酒井のことだったなんて。本当に偶然って起きるもんだな」

突然口調が軽くなって不安を覚えるが、その明るさがもしかすると渉流の心を開いてくれるかもしれないという期待も淡く抱く。

「渉流、男らしく腹くくって、ちゃんと真実を話すんだぞ、お姉さんを泣かすんじゃないぞ！」

萩野はそう言って渉流の背中をドンと叩いたのだった。

玄関まで見送ろうとすると「バス停が分からないからそこまで送って」と萩野に頼まれた。表情がうつろなままの渉流を部屋に残して、美宇はエレベーターに乗り込む。

並んで乗っていると、ちらちらと視線を感じた。

「立派な家に引っ越したんだな、酒井」

「ええ、こんなことがあったので親族にお借りして……」

「今なにしてるの？」

「ハウスキーパーと家事と半々くらいです」

「そっかあ、俺は学校が忙しくて彼女に振られ続きでさ」

恋愛事情まで聞かされても困るのだが、それでも渉流の力になってくれる数少ない教員だと思うと、むげにもできない。

「酒井みたいな家庭的な彼女いたらもっと仕事に集中できるんだけどなあ……なんて」

美宇は「今も十分ご立派ですよ」と他人行儀に微笑み返すが、萩野はメッセージアプリのＩＤの交換を求めてきた。

「学校には言えないこともあるだろうから。こっちからも何か新しいことが分かれば連絡するし。今きっとつらいよな？　俺のこと頼っていいから。力になるよ」

そう言って、なかば強引に美宇とＩＤを交換すると、肩に手を置かれた。

ぞわりとしたが、今払いのけて彼の不興を買うのは渉流のためにならない、と自分に言い聞かせ、ゆっくりとうなずくだけだった。

エントランスの出口で「ここまででいい」と告げた萩野は、美宇をじっと見つめて、指で頬をかいた。

「酒井、ほんときれいになったな……高校のころは、酒井のガードが堅くて仲良くなれないまま卒業しちゃったんだよな。社会人になった今なら、もうちょっとうまく立ち回れるかな」

早く帰って、と心の中で願いながら美宇は笑ってごまかした。

こういう人はこれまでもいたが、笑ってごまかすと好意的に受け取ることもあるので本当はしたくない。だが渉流のために、今は我慢しなければ――。

萩野は「落ち着いたらメシでも行こう」と言い残して帰って行く。バス停までの案内はいいのだろうか、と不思議に思いながらも美宇はほっと胸を撫で下ろしたのだった。


学校側との話し合いの直前、弁護士の保科と打ち合わせをした。

保科がコンビニ側との交渉を始めたことを報告してくれた。そのやりとりの中で、コンビニ側から、今回の事件がなぜ起きたのか究明してほしいとの要請があったという。

「先方としては、模倣する者を出さないことが最優先みたいだから、原因究明ができないなら損害賠償請求を見せしめに再発防止をしたいって腹づもりだろう」

美宇と渉流は保科の話を黙って聞いた。晶も同席する予定だが、その前に一仕事あると朝一番に出て行ってしまった。こちらに向かっているという連絡は来たので、学校側が到着するころには合流できそうだ。

先方は教頭をはじめ三名が来た。うち一人は顧問の萩野だ。目が合うと萩野がこちらに手を振った。返す気にもなれず目礼する。

今日は総勢七人が集まることになっているので、渉流たちの部屋ではなく、晶のペントハウスに来てもらった。

教頭は最上階のペントハウスに案内された上に、弁護士が待ち構えていたとあって、先日の慇懃無礼な態度をちらりとも見せなかった。むしろうろたえているようだ。

八人掛けのダイニングテーブルに座るやいなや、教頭は困ったように手をもじもじとさせた。

「高校生の自主退学くらいで弁護士さんが出るほどでも……」

その言葉に美宇はむっとしたが、保科が冷静に返した。

「そちらにとっては、たかが一生徒の自主退学かもしれませんが、こちらとしては一人の少年の一生に関わりますからね。言葉に気をつけてください。自主退学するなどとこちらは言っておりませんが」

保科と教員たちの名刺交換が終わったところで、晶が帰ってきた。

「ギリギリになってすまない」

スーツ姿の晶はばたばたと部屋に駆け込む。保科の「取れたか？」という問いに、微笑んでうなずいた。

一体何が取れたのだろうと疑問に思うが、晶も教員たちと名刺交換をして挨拶を始めたので聞くタイミングがない。先方は弁護士が増えたのかと思っていたようだが、晶の名刺を見て驚愕した。

「え……エフェクトの常務……？　そんな方がなぜここに？」

「渉流くんの姉の婚約者で、ここは私の自宅です。家族ぐるみで付き合っていて本当の弟のような存在なので同席させていただきます」

そう言うとなぜか晶は、ちらりと一番若い萩野を見た。美宇が萩野とメッセージアプリのＩＤを交換したことを、晶に伝えたからだろうか。見られたほうは気まずそうに、視線を反らしてうつむく。

教頭は声を震わせながら大きな封筒をこちらに出した。

「我々の言い分は、先日の通りです。ここに書類をお持ちしたので、同意いただければ押印を……」

美宇が開くと、中には白紙の退学届が入っていた。

「理由の欄には、家庭の都合と書いていただき——」

教頭がそう続けるのを、美宇が遮った。

「渉流の言い分は聞いてくれないんですか？」

その場にいたバスケ部の生徒たちは「止めたが渉流が勝手にやった」と口を揃え、当事者である渉流は無言を貫いているので、そのように結論づけるしかない、と教頭は話した。

保科と会話しているときとは一変して、美宇に対しては語気を強める。そのやるせなさに、美宇はきゅっと唇をかんだ。

「では、そのバスケ部の子たちの証言が嘘だったらどうしますか」

晶が低い声で、ゆっくりと教頭を睨めつけた。

「ど、どういう意味でしょうか」

晶はタブレット端末に記録媒体を接続して、何かの動画をこの場で再生した。

（どうして今動画なんて……？）

　画面に映し出された一般家庭のダイニングテーブルで、男子高校生が泣いていた。隣で彼の父親らしき男性が『泣いてばかりいないで、素直に言いなさい！』とけしかけている。その向かいには、スーツ姿の晶が映っていた。

「安孫子……」

　渉流いわく、同学年のバスケ部員だそうだ。動画の撮影日時は今日の午前十時半すぎ。先ほど撮られたばかりのものだった。

　安孫子と呼ばれた男子生徒が、言葉を詰まらせながら説明する。

『若田が……っ、キャプテンの若田が、動画撮るからいたずらしろって酒井に命令したんだ。酒井、若田には逆らえなくて……っ、若田に言われた通りにやっただけなんだ』

　ざわり、と美宇の背中が粟立った。萩野の顔色が急激に悪くなっている。

　動画では晶が、渉流が逆らえない理由を尋ねていた。

『わ、若田は酒井の姉ちゃんたちの写真を隠し撮りしてたんだ。酒井が自分の姉ちゃんたちはかわいいんだ美人だって自慢するから、若田が確かめようと酒井の家に行って……』

　二人ともいい女だったので、若田の悪い癖が出て、ベランダでブラジャーを干している美宇や、靴を履き直そうと身体をかがめた明里の写真などを隠し撮りしたのだという。

美宇は手に持っていた学校の封筒を、ばさばさと落としてしまう。隣に座る渉流を見ると、ぎゅっと目を閉じて震えていた。

『写真をばらまかれたくないなら卒業まで俺の奴隷なって、若田が酒井に言ってて……俺たちも悪乗りして、酒井をパシリに使ったりして……』

そんな生活が二週間ほど続いて、あのコンビニいたずら動画撮影に至ったのだという。

『すいません、ほんとすいませんでした……若田って家も金持ちだし、発言力もあって友達も多いし、止めたら今度は俺たちがいじめられると思って……』

画面の中の男子生徒がわっとテーブルに突っ伏した。

晶はそこで動画を止め、教頭に向き直った。

「……というところまでは、お友達に話してもらいましたが、これは加味されますか？」

美宇は指先が冷たくなって震えていた。

隠し撮りされた自分たちを守るために、渉流が学校で他の生徒の言いなりになっていたというのだ、ショックを受けない家族がいるだろうか。

晶が静かに「渉流くん」と声をかけた。

「若田くんの家にも別の弁護士を向かわせたから、写真の流出は心配しなくていいよ」

渉流ははっとして顔を上げた。その肩に、晶が手を置く。

「姉さんたちを守るために黙っていたんだな、頑張ったね」

見開いた渉流の瞳から一粒、ぽろっと涙が落ちると、そこからは止めどなくあふれた。

美宇は胸がいっぱいになって、人前にもかかわらず渉流を抱きしめた。

「渉流……ごめん、ごめんねえ、全然気づいてあげられなくて……！」

渉流は涙を拭いながら、首を横に振った。

「元はと言えば、俺が姉ちゃんたちを自慢したから……ご、ごめん、姉ちゃん……」

最初は「若田の彼女は歴代かわいい子ばかり」という話題だったらしい。そこでぽつりと渉流が「うちの姉ちゃんたちのほうが全然かわいいし美人だ」と漏らした。それが若田の気に障ったことで隠し撮りに発展したのだという。

隠し撮りした写真を消してくれと若田に何度も頼んだが聞いてくれず、むしろそれをネットに流すだの、匿名のサイトで住所と一緒に公開するだのと脅されて、いいように使われるようになった。金銭も要求されほとんどの小遣いを渡したという。

「むしろこちらの方が刑事事件だな」

保科の一言に、教員たちがびくりと身体を震わせる。

「……さて」

晶はタブレット端末を閉じると、記録媒体を引き抜いて教頭に差し出した。

「今若田くんの家にいる弁護士が、この動画をもとに本人から同様の話を取ってくるでしょう。ところで、そちらさまはまだ渉流くんに大人の都合で自主退学を勧めますか？　原因であるいじめも恐喝もそ知らぬ顔で。子どもの権利を一から勉強したらいかがですか」

低くて鋭い声だった。いつもの「美宇」と呼んでくれる優しいあの声は幻聴だったのではないかと思うほどに。その鋭さが、なぜか美宇をぞくぞくとさせた。敵だったら恐ろしいが、味方だとこれほど心強い人はいない。

（ドラマに出てくるヒーローみたい）

涙が勝手にこぼれて止まらなくなった。晶に肩を抱き寄せられた。

「美宇も頑張ったな。渉流くんを信じた美宇を、尊敬するよ俺は」

「晶さん……」

晶は、指でそっと涙を拭ってくれた。

「もう大丈夫だから、あとは任せてくれ……萩野先生もお疲れ様でした、もう個人的にご相談に乗っていただかなくて大丈夫ですので」

美宇と個人的に連絡先を交換した萩野に、なぜか冷たくそう言い放つ。萩野は「は、はい」とうつむいた。

教頭たちは生徒たちに再度の聴取をすると約束して帰って行った。

バスケ部員による渉流への脅し・恐喝問題も含めた報告書と証拠を、保科はコンビニチェーンの法務部に送ったのはわずか一週間後のことだった。

コンビニ側は、脅されてやらされた少年が社会的に制裁を受けている実情を鑑み、法的措置を見送った。一方でバスケ部のキャプテンである若田は、行いの半数が法に触れる内容だった。恐喝された渉流やきわどいポーズを隠し撮りされた明里の被害届を受理した警察署から取り調べを受けている。

若田の行きすぎた行動は「相手は貧乏だし、何かあっても親が金で解決してくれる」という過去の誤った成功体験によるものだったが、被害者である渉流側の義兄が巨大企業の役員とあって、金で解決するどころの話ではなくなった――というのが実情だ。

渉流はそれからすぐに学校に再び登校するようになった。

事情を知っていた他のバスケ部員なども支えてくれているという。ただ、親の経済力と学内への影響力がある若田が怖かっただけなのだ。

事件の真相はデリケートな内容のため公表していないが、若田が警察に捜査されていること、コンビニチェーンから「諸事情があり動画の少年に大きな落ち度はないと判断し、法的措置を見送る」との声明が出されたことから、察した同級生たちが多かったようだ。

それでも一度出回った渉流の動画すべてを消すことはできないのだが、弁護士の保科が削除の手続きを進めてくれている。

「あとは教頭が頭を下げに来るだけだな」

風呂上がりの美宇にハーブティーを差し出しながら、晶がそう言った。

「いえ……渉流がもういいって言うならいいですよ」

カモミールの香りにほっとしながら、美宇は微笑んだ。

解決に向かっているとはいえ、時間がたつにつれ美宇は自分が情けなくなっていた。

家庭の経済力がないために渉流が標的になり、結局解決したのは晶と彼が雇った弁護士――。もちろん、そのために自分は晶との妊活契約を選んだので、望んだ形とはなったのだが。

「もっと……頑張らなきゃ」

心の中で自分に言い聞かせたつもりが、声に出してしまう。はっとして晶を見ると、彼はカウチソファで脚を伸ばし、テレビのリモコンをいじりながら、なんでもないようにぽつりと返した。

「十分、頑張ってるよ」

きゅう、と胸が収縮する。今の自分に染みるのに十分な言葉だった。

「でも、結局晶さんに頼りきりで……」

「そういう契約じゃないか。美宇が一人で解決したら俺は婚約者を得られなかった」

晶はリモコンをサイドテーブルに置いて、美宇を手招きする。言われるがままに近くに腰を下ろすと、飲みかけのハーブティーも取り上げられ、サイドテーブルに追いやられた。

晶の脚の間に座らされ、背後からぎゅっと抱きしめられる。背中に触れる体温が、美宇を緊張から解放してくれた。

「心労もかなりだっただろうに、涙も見せずによく頑張ったよ……いや、ずっと頑張ってきたんだよな、自分だけの力で。知れば知るほど尊敬せずにはいられない」

大変ね、かわいそうね、とは言われてきたが、尊敬するなどと言われたことがあっただろうか。美宇の目から、また一粒、涙が落ちた。

美宇を包む晶の腕に落ちたようで、目元を拭ってくれた。その手を美宇は握りしめた。

「晶さん……助けて……くださって……、本当にありがとうございます……私、なんとお礼を言ったら……」

「それが俺の義務なんだって。結局学校に復帰できるまでに二週間かかったんだから、むしろ手際が悪いと罵ってもいいのに」

「いえ、私素人ですけど分かります。こういうのが二週間で解決するなんて普通ないですよね？　わざわざ晶さん自身で証言を取りに行ってくださって……」

何かお礼がしたい、と美宇は詰め寄った。解決にかかったお金を返すことはできないけれど、家事や肉体労働は一通りできる。どんな難しい料理でもリクエストしてくれたら、完璧に仕上げてみせる――と。

しかし、晶は意外なことを願った。

「じゃあ、キスしたい」

妊活を始めたときからずっとしてきたのだが、何か特別なキスなのだろうか。美宇は首をかしげてみせる。

「妊活のときしかキスしてないじゃないか。でも俺はそうじゃないときもしたい、日常的にしたい」

言われてみればそうかもしれない。外でエスコートしてもらったり、自宅で二の腕をもちもちふわわされたりはするけれど、キスは「それでは妊活を始めます」というタイミングでしかしていない。

（でも……そうじゃないときもキスしたいって、まるで本当に付き合ってるみたい……）

そう思うと、心臓が急に絞られるような気がした。

契約、契約、と晶は言うが、渉流の一件にしても、美宇への扱いにしても、夜の妊活にしても――優しくしてくれたり、高めてくれたりしていることへの口実にしているだけ。

契約だから心が伴わない、のではなく、契約であっても心を通わせようとしてくれている。

きっと「キスをしたい」と言ってくれたのは本音なのだろう。これまでの彼の行動を見るに、自分に少なからずいい感情を持ってくれているのはよく分かるし、美宇も――。

そう思いを巡らせていたところで晶が続けた。

「まっすぐで真面目な人だとハウスキーパーをお願いしていたときは思っていたし、もちろん、ここも好きだけど」

ここ、と言いながら美宇の腕をつかんでもてあそぶ。

「きょうだいを育てるのに必死に頑張ってきたこととか、世論や外部の圧力に負けずに渉流くんを信じたところとか……知るたびにどんどん、もっと知りたくなって独占したくなって、契約上の関係じゃ、もう全然足りないよ」

「晶さん……」

「朝起きたときとか、出かける前とか、何気ない夕飯の準備中とか、妊活と関係ないときも俺からキスしていい？」

美宇は何度もうなずいた。嫌ではないか、と聞かれて首を横にぶんぶんと振る。

「嫌だなんて……むしろ私も、晶さんに触れ合う心地よさとか、頼らせていただける心強さとか教えてもらって……ほんとに、なんというか……キスしたいです……」

心拍が速くなるのを感じながら、ちらりと背後の晶を盗み見る。すると、勝ち誇ったような表情でこちらを見て笑っていた。

「そう言ってくれると計算ずくで、お願いしたけどね」

「あーっ」

美宇は身体を反転させると、晶の胸板をぽかぽかと叩いた。

「いいじゃないか、勝手にキスしたら怒らせるかもしれないし」

叩こうと振り上げた手首を、晶につかまれ引き寄せられる。晶に覆い被さるように、カウチソファに倒れ込んでしまった。そのまま腰に腕が巻き付いてホールドされる。

晶の胸元に鼻先を突っ込む形となり、美宇は彼の柑橘系の香りを思いきり吸い込んでしまう。晶用のボディーソープの香りだ。客用を使っていた美宇にも、彼は自分と同じブランドのレディース用をいつのまにか用意していた。好みの香りなのかと尋ねたら「香りを揃えたい俺のわがまま」と言っていた。

その厚い胸板から、薄いTシャツ越しに鼓動が伝わってくる。ドッドッドッ……とバイクのエンジンのようだった。

（晶さんもどきどきしてる）

「……心拍で俺の心境をはかろうとしない」

たしなめるように、少し照れたように、晶が美宇の髪に指を差し込む。

「……不思議です」

ぽつりと漏らした美宇の言葉を、晶は聞き逃さず真意を問うた。

「惹かれて、仲良くなって、えっちして、一緒に住んで、婚約……っていう手順がお手本だと思ってたのに、私たち、全部逆からなぞってるなと思って」

ほんとだ、と晶は笑った。

「じゃあ今日はお手本通りにしよう」

「どこからですか？」

「惹かれるところから。美宇が俺をいいなと思った点を十個述べよ、顔以外で」

まるで大学の記述試験の問いかのような言い回しだ。

「えー……じゃあ晶さんは二十個言ってくださいね。ふわもち以外で！」

晶は美宇のパジャマの下に手を差し入れて「うーん」と言いながら背筋を指でなぞった。

頑張ってひねり出すように要請すると、晶の低い声が鼓膜をくすぐった。

「二十個に絞るのが難しいね」

そのまま耳たぶを食まれる。

「ん……っ」

晶は美宇の顎を持ち上げて、唇を重ねた。そのキスが触れるようなものから、搦め捕るようなそれに変わるまで、さほど時間はかからなかった。

晶に全身を預けた美宇は、口内を舐められながらパジャマの中でいたずらをする彼の手つきに身体を震わせる。

キスもいつもと違って、好意でそうしているのだと伝えるようにわざと音を立てる。

そうしていくうちに、美宇は自分の身体から力が抜けて、あちこちが切なく音を立てているように感じていた。

まるでパブロフの犬だ、と思った。

触れられて、熱を感じていると、またあの心地いい夜をもらえるのだと身体が勝手に反応してしまう。

「あ、晶さん……」

あまり開かなくなった目で、晶を見つめた。彼もこちらに向けて目を細めている。

「これは妊活のキスじゃないからね」

そう言って美宇を軽々と横抱きにした。驚いて首に腕を巻きつけると「揺れるからもっとしがみついたほうがいい」などと冗談めかす。重いし自分で歩けると主張したが、聞こえないふりをされてしまった。

そのまま寝室のベッドに仰向けに下ろされると、パジャマのボタンをゆっくりと外された。美宇も晶が脱ぐのを手伝う。

晶の手の動きに合わせて揺れる乳房を舌が這う。乳輪を舌でくるくるとなぞったり、もう主張を始めた突起を舌と唇で扱いたり……。大きな手がその舌の動きに合わせて、乳房をふにふにと揉んで、また揺らす。

「あっ……」

「柔らかくて温かくて、ずっとこうしていたくなるね……」

「そうしてよく眠ってましたもんね」

「またしていい？　気持ちよすぎて寝坊しそうだけど」

「もちろん。休みの前日ならいいじゃないですか」

晶は再び美宇にキスをする。パジャマのズボンを引き抜かれ、美宇の下着に、晶のもので丘を作ったスウェットが当たる。そのまま布越しに擦りつけられると、隠れていた肉芽が間接的に刺激され、じわりと下着を濡らしていく。

「ふ……っんんぅ……っ」

しゅ、しゅ、と布が擦れ合う音にさえどきどきしてしまう。布越しでもどかしいのに気持ちいい――そんな愉しみを二人で一緒に味わうセックスなのだ、と教わっているような気がした。

濡れてしまった下着が、衣擦れとは別の重く湿った音を立ててしまう。美宇の脚を撫でながら腰を揺らす晶は、暖色のナイトライトに照らされているせいか一層艶美で、下ろした前髪が目元にかかる様子は、雄としての欲望がちらちらと見え隠れしているようにも思えて美宇をかき立てた。

彼の視線が美宇の瞳と身体を往復する。戻ってきた視線とかち合うたびにきゅうと心臓が収縮する。指を絡ませて手を握る。二人とも無言なのに気まずさはなく、むしろ体内のボルテージがどんどん昂ぶっていく気がした。

ずっとこのままではもどかしい、もっと直接、奥まで触れてほしい。そんなふしだらな願いがふつふつとこみ上げてくる。

美宇は握っていた晶の手を自分の腰に導き、彼の指を下着のゴムにかけた。脱がせて、と伝えるつもりで。

晶は、はあ、と大きく息を吐いて微笑むと、願い通り美宇の下着を脚から引き抜く。すでに濡れそぼった秘部に、彼の指が直接触れると、びくっと腰が揺れた。

晶も着ていたものをすべて脱ぐと、サイドテーブルから何かを取り出す。それを口で開けたのを見て、美宇は一瞬困惑した。

（コンドーム……必要ないはずなのに）

晶は美宇にキスをしながら、それを自身に装着する。美宇の戸惑いに気づいた晶が口を開いた。

「今日は妊活じゃないって言っただろう」

そうして薄い膜で覆った雄を、美宇の割れ目に沿ってなぞらせる。十分な潤いを持ってその先端が沈められようとしたとき、晶が低い声で言った。

「男と女が絆と快楽だけを味わうセックスだ」

その声に背中がゾクゾクした。同時に、ずぷ……と先端が美宇の中へと侵入してきた。

「ぁ……っ」

挿入が終わると、晶は美宇の両脚を肩に掛けて膝立ちになる。美宇の背と腰が浮いて、ベッドに頭と肩、そして腕だけが接着する体勢になった。

その不安定な体勢で晶が腰を揺らすと、美宇はその刺激をどこにも逃がすことができず、これまでより深い場所で彼の欲望を受け止めるしかなかった。

「ああっ、お、奥に……っ」

腰が浮いて上を向いているので、晶に挿入部分がよく見えてしまう。そこをじっと見つめている晶の目は、ずっと食べたかったスイーツでも見つめているようだった。

「あ、あ、あき、らさ……っ、み、見ないでぇっ……」

つながっている部分を手で隠そうとするが、それを阻むように激しく貫かれて、美宇は喘いでしまう。

「……だめ、全部見せて」

晶がとろりと笑った。

「つながって濡れているところも、恥じらう涙も、揺さぶられて揺れる胸も、火照りで色づいた肌も……全部俺だけに」

大きく腰がグラインドしたかと思うと、今度は手前をトントンと小刻みに揺すられる。この繰り返しで美宇はめまいがするような快楽に襲われた。

「ああっ……だ、だめ、へんになっちゃう……からっ……」

「なっていいよ、俺なんか美宇を前にするといつも変な男だよ……」

ゆっくりと先端が出ていく感触に、美宇は「あ……」と切ない声を漏らしてしまう。寂しくもあるが同時に少しの安堵（あんど）も覚えた。だが晶は「休憩じゃない」と美宇の身体を反転させ、うつ伏せにした。脚を開かせ、そのまま晶は後ろから美宇を貫いた。

「あああっ！」

ゴムが破けるのではと思わせるほどの膨張が、いつもとは違う角度で美宇をえぐってくる。晶の胸板が背中に擦れ、うなじに荒い息がかかる。手がベッドと胸の間に差し込まれ、大胆にぐにぐにと揉みしだかれた。

「……すごい、美宇……気持ちよすぎてどうにかなりそう」

自分はもうどうにかなりすぎて気を失いそうだ、と伝えたいが「あぅ」とか「ふ」としか言葉が出ない。思考が快楽をキャッチするためにすべて使われてしまっているようだ。

「でもゴムをしてるから、ああ……ゆっくりできるな……」

その言葉で『男と女が絆と快楽を味わうセックス』という晶のせりふがよみがえる。

今自分は、契約上必要な行為をしているのではないのだ――と。

優しくて有能で、自分と渉流のために駆けずり回ってくれた誠実な『神手洗晶』という男性に惹かれて、自分は身体を重ねているのだ、と。

髪をかき分けて露出させられたうなじを、晶はべろりと舐めた。左手は胸の中に埋められ、右手は美宇の肉芽に伸びる。蜜壺を脈打つ硬直で擦られ、そばで震える敏感な粒は指でこねられ――身体のあちこちからやってくる快楽の信号を受け止めきれずに、あふれさせてしまう。

「ふぁっ、あ、あきらさん……へんです私……あ、なにこれ……なんかきちゃう……っ」

これまでに与えられた絶頂とはまた違う快楽が、水風船のように膨らんで破裂しそうになっている。

「うん、いっぱい変になろうね……」

美宇をあやすように晶が頭にキスをする。容赦ないピストンが続き、もう勘弁してくれと顔を振り向かせると今度は唇を塞がれた。

「んーーーっ」

同時に自分の秘部がきゅっと狭くなり、晶のごつごつとしたペニスをより感じてしまう。はじけてしまったのは、その瞬間だった。

「んんんーーーーーっ」

口内を舐られ、体中をまさぐられながら続く律動。最奥へのしつこい突き上げで、耐えていた水風船が割れたような音がする。

びしゃっと水音がすると、美宇の秘部から愛液とは違う、さらさらとした体液が噴き出した。

「ふあ……、あああ、あああっ……」

身体がビクビクと跳ね、口が半開きになる。その舌をまだ晶は舐りながら、同時に中で

果てたようで、陰茎が美宇の中で脈打っている。

「ああ……気持ちよかった？　嬉しいな……」

晶はゆっくりと男根を引き抜くと、美宇の身体を起こしてくれた。

美宇はまだ動けなかった。まだ絶頂の余韻で、身体が言うことをきいてくれない。

かろうじて、かすれた声が出た。

「わ、わたし、あの、ごめんなさ……、粗相を……っ」

謝罪を繰り返す美宇に、晶はこの現象を説明してくれた。

「気持ちがいいときにあふれるもので、美宇が思っている粗相とは違うから」

それだけ感じてくれたという証拠なので俺は嬉しい、と美宇の濡れた内ももを指でそっと撫でて、それを口に運んでみせた。

汚いし恥ずかしいので阻もうとするが「じゃあ濡れてる太ももごと舐めていい？」と言うので、抵抗する気を完全に失うのだった。

落ち着いたころ、二人でシャワーを浴びる。後ろから抱きしめられると、再びお尻に硬いものが当たったが、晶は「気にしないでください……」と恥ずかしそうにつぶやく。

「もう一度……しますか？」

そう向けてみるが晶は首を振った。

「ありがとう。でも、大切にしたいと思ってるから……こんなふうに反応はしてしまうけど、美宇に無理はさせたくない」

「晶さん……」

美宇は振り返り、晶に自分からキスをした。嬉しくて、何かを返したくて、これがお礼になるかは分からないけれど、せずにはいられない。

晶は一瞬目を見開いたが、花が咲くように顔をほころばせた。

「明日は休日だし、明里さんと渉流くんが暇なら一緒に車で買い物にでも行こう。特に渉流くんはずっと家にこもりきりで遊びに行ってなかったし」

「はいっ」

美宇は思ったよりも大きな声で返事をして、バスルームに響かせてしまったので、慌てて口を塞いだのだった。

寝支度を調えて、二人は再びベッドに横になる。約束通り晶は美宇の胸に顔を埋めて眠った。二人が同じリズムで寝息を立て始めたときには、ベッドを占拠していた『ふわもちくん』の抱き枕やぬいぐるみが床に転がり落ちていた。

【婚約者は掃除婦】

居酒屋を貸し切りにした同窓会は、大盛り上がりだった。

高校時代の同期が五十人ほど集まり、思い出話に花を咲かせている。普段は誘われてもこのような場には参加しない美宇も、今日は当時家計や進学費用の相談に乗ってくれた恩師も来るとあって、思いきって行くことにしたのだ。

恩師に挨拶と近況報告を済ませたが、さすがに婚約のことは口に出せず、弟妹の卒業まで気が抜けない、と告げた。

今は高校の校長をしているという女性の恩師は、美宇の手を握り「自分が選んだ道が最善よ」と当時と同じ言葉で、美宇を励ましてくれた。

（たくさん人が集まる場は苦手だけど、今日は本当に来てよかった）

美宇は涙目で恩師の手を握り返した。

同窓会に出ることは、晶には伝えている。が、彼は少し不満げにしていた。そのお誘いが、萩野——渉流の所属しているバスケ部の顧問——からだったからだ。同部はキャプテン若田の書類送検により活動休止中なので、顧問としての仕事はないのだが。

メッセージのやりとりはその後一切なかったが、渉流が復学して十日後に「回覧です」という短いメッセージと、同窓会の案内の画像が送られてきたのだ。そこに恩師の名があったため美宇は行く気でいたが、晶は「萩野も来るんだろ」とか「お酒どれくらい飲める？　弱いなら飲まないほうが」などと心配していた。

子どもではないのだから、といなし、恩師に挨拶が済んだら早めに引き上げる、と説得して出てきたのだった。

あの〝妊活ではないセックス〟以降、自分たちは一層親密になった。映画を観ながら膝枕をし合ったり、美宇が出勤の日は夜に脚をマッサージしてくれたり、朝は必ずキスをして、見送りでもまたキスをして——。晶は飽きることなく美宇の二の腕や太ももに触れてはにこにこしている。

（新婚さんてこんな感じなのかな）

日々の暮らしを反芻しながら、美宇はカシスオレンジをちびりちびりと飲んだ。強くない酒だと言われたが、やはりアルコールは苦手だ。もう顔が熱くなってきた。

テーブルではみんながもっぱら近況を報告し合っている。この状況を予想していたが、やはり息苦しかった。

美宇の卒業した高校は比較的偏差値の高い進学校のため、ほとんどが有名な大学に進学する。そのため社会人として華々しく活躍している人物も多く、海外研修がきっかけで夢がまた増えた、ようやく一人で企画を成功させられるようになった、早くも昇進した——など、まぶしいエピソードがあちこちから聞こえてくるのだ。

そう、親の蒸発をきっかけに、自分が選ばなかった人生のエピソードとは正反対の。

今の仕事を卑屈に思っているわけではないが、やはり心のどこかで、内定先だった大手文房具メーカーに希望を抱いていたころを思い出してしまうのだ。新卒の初任給だけで弟妹を養育するのは難しいし、残業で子どもたちだけを夜に家に残すわけにもいかない。もっと貯蓄もしなければならず、副業禁止だった同社を諦め、非正規のダブルワークを選んだのだ。

そろそろ引き上げようとしたところで同じテーブルにいた男性から突如絡まれる。

「酒井って今何してんの？　すげえきれいになったね！」

きれいになったというより、今日は浮かないようにおしゃれをしてきたのだ。晶に買ってもらった、おろしたての服も着て。金額がどうしてもちらついて、汚さないようヒヤヒヤしてしまうが。

「あたし知ってる、親がいなくなって妹さんたち育ててるんだよね！」

一人の女性が両手をパン、と叩く。へえ兄弟愛すごい～などと騒ぎ立てられ、みんなの注目を浴びてしまう。

「すごいね、仕事どうしてるの？　俺は東京光谷(みつたに)の銀行員」

男性の一人が、興味津々で美宇の横に座ってのぞき込んでくる。この学年でも成績優秀だった人だ。

「清掃会社とハウスキーパーを掛け持ちしてたんだけど、今は家庭の事情でハウスキーパーだけしてるよ」

「家事得意なの？　お嫁さん候補じゃん！」

なぜそれで候補なのか分からないが、笑ってごまかす。

それがいけなかったのか、女性たちがこちらに聞こえるように言った。

「家庭的な人ってモテるからいいよね。私は総合職で仕事続けたいから無理だけど」

「百花(ももか)は男に媚(こ)び売らなくてもモテモテでしょ」

別に媚びを売っているわけではなく、本当にその仕事をしているだけなのに。美宇はうつむいてぎゅっとスカートを握る。こんなとき言い返せない自分も情けない。弟妹のためならできるのだが、自分のこととなると勇気が出ない。

隣の銀行員なる元同級生が顔を寄せてきた。

「酒井さんがきれいだから嫉妬してるんだよ、気にしなくていいって」

そう言って続けざまに「今日このあと二人で抜けない？」と耳打ちされた。

美宇は首を横に振って拒否するが、いいじゃんと肩を抱かれた。彼の手を剝がして拒もうとしているところを、別の女性に一瞥(いちべつ)されて「結婚願望の強い女ってスキンシップ多め」「そういう人に限って離婚率も高いよね」などと言われてしまった。

離婚、という言葉が、なぜか胸に刺さる。さっさと退散すればよかった、と目頭が熱くなった。

そのときだった。

「ご盛会のところすみません、酒井美宇を迎えに来ました」

貸し切りの部屋に響いたのは、聞き慣れた声。

振り向くと宴会場の入り口で、スーツ姿の晶が会場を見渡していた。

「あ……晶さん？」

部屋は一瞬静かになるが、次第にざわざわと騒ぎ始める。「すごいイケメン」「俺あの人、雑誌で見たことある」など言われていることも気にせず、晶は美宇のところにまっすぐ歩み寄って、畳に膝をついた。

大きな手で頬を撫でられる。

「ほら、やっぱり赤くなってる。飲まないほうがいいって言ったのに」

「でもこれ一杯だけで……」

一杯で赤くなるのなら酒が身体に合っていないということだ、と一刀両断され、美宇は荷物とともに晶に回収される。

晶は幹事である男性に会費を渡し、挨拶をした。

「申し訳ありません、明日は二人で式場見学があるので、本日はこれでお暇させていただきます」

美宇は横で「迎えに来ないでって言ったのに」とむくれる。酒のせいか、感情が抑制できずにいた。

部屋を出ると、背後で同期たちの大騒ぎが聞こえてきた。萩野が晶の正体をみんなにばらしたようで「え、エフェクトの！」と驚いている。

銀行員の彼が慌てて晶を追いかけてきて、名刺を差し出した。つながりを持ちたいようだったが、晶はにっこりと笑顔を見せて「私の婚約者の肩に手を回していた方かな？　しっかり覚えておきますね」と視線で殺そうとしていた。

美宇は車の中で、運転席の晶をちらりと見た。

「……式場の見学なんて予定ありました？」

「今日思いついた」

ウインカーを出し、サイドミラーに視線をやりながら、晶がそう答える。

「でも決めておいて、日取りだけでも押さえておいたほうがいいだろう？　ドレスはおなかが大きくなる前に着たいだろうし」

式場、と聞いて心臓がばくばくしていた。妊活のことばかり考えていたが、その後は結婚するという契約なのだ。

晶に惹かれ、親密になっていく過程に浮かれている今、結婚という一つのゴールが待っていることは嬉しいはずなのに、先ほどの同窓会で耳にした「離婚」というワードが小さな棘のように胸に刺さっている。

（よく考えたら契約だから打ち切られて離婚ってことも……あるんだよね）

明日は急すぎるので一緒にブライダル情報誌でも読もうと提案すると、晶はぱっと明るくなって書店に向かったのだった。

動画トラブルを収束させた晶に対する弟妹の信頼はうなぎ上りだった。

渉流は、男兄弟に憧れていたこともあって、晶さん晶さんとすっかりなついている。背の高い晶は高校までバスケットボール部だったこともあり、二人でバスケ話に花が咲き、長期休みに入ったら本場ＮＢＡの試合を見に行こうという約束までしていた。

明里は、自分の不注意できわどい写真を撮られて渉流を苦しめていたことに気を病んでいたが、晶がみんなをドライブに連れて行ってくれたおかげで持ち直したようだった。

そこで、なぜ婚約者だけでなく弟妹にもよくしてくれるのか、と明里が晶に質問した場面があった。晶の「美宇が一番大事なのは君たちだから」という答えにいたく感動したようで、その日以来、明里は彼を「お義兄さん」と呼ぶようになっていた。

同窓会に晶が婚約をアピールしつつ迎えに来たおかげで、さほど仲良くなかった同期まで様々な思惑で美宇に連絡してくるようになった。当たり障りのないように断ってはいるが、中には「どうやったらあんな見た目も肩書きも満点の旦那見つけられたの」と〝入手ルート〟まで探りを入れられる。

美宇はハウスキーパーの派遣先からの帰りに、マンションそばのスーパーに立ち寄った。晶の家でハウスキーパーをしていたときから通っているので何がどこにあるかは分かっているが、なんせタワーマンションの住人を客層とするスーパーなので、物もよければ値段もいい。

支払いは、ハウスキーパー時代から預かっている同スーパー専用の電子マネーだ。買い物をした日はレシートを書き置きに添えて報告していた。一度も残高が不足したことはないし、それどころか多すぎる金額が入っていて、彼からのメモに時折「よかったらお菓子なども一緒に買って休憩時にお召し上がりください」などと書かれていたことを思い出す。

彼の人柄を思うと、あれは社交辞令などではなく本当に優しさから言っていたのだなと今なら分かる。

同期が言うように、容姿も肩書きもおそらく誰もが認める人物なのだが、美宇の胸を高鳴らせるのは、その書き置きから感じられるさりげない心遣いや、美宇だけでなくその家族までも一緒に大切にしてくれるところなのだ。

（あと、ちょっとわがままなところも年上ながらかわいいというか……）

昨日は晶がテレビの大画面でゲームしているのを観戦した。最初は一緒に遊ぼうとしていたのだが、美宇はコントローラーの持ち方すら分からず早々にリタイアしてしまった。結局晶のプレイする様子を楽しく見ていたのだが、晶はうまくプレイできたであろう場面で、美宇をちらちらと見ては「見てる？」「今の見た？」と確認するのだ。こんなかわいらしい彼が、天下のエフェクトの常務執行役員とは誰も思わないだろう。

ハウスキーパーのころは何気なく手にしていた食材も、今は目の前で食べてくれる人の顔を思い浮かべながら、好きそうな物、好きじゃないけど身体にいい物などを選んでいく。

あの低くて柔らかな声で「美味しい」と言われたい。好きな献立だと知ってぱっと明るくなる表情を見たい――。

そんな思いが募るほど、頭の隅にある「契約」の二文字が美宇を不安にする。

妊娠ができなかったら？　契約であることが弟妹や晶の家族にばれてしまったら？　今は海外にいるご両親に反対されたら？　今は「契約以上の関係になりたい」と言われているけれど、一緒に過ごすうちに嫌われてしまったら？

美宇を「たられば」が苛む。

大切な人が離れていく絶望を、美宇はよく知っている。

美宇が幼いころの母親は、いつも笑顔だった。確かに自分たちを愛して包み込んでくれていた。父親と離婚し新しい恋をしたころから、徐々に子どもたちへの関心が薄れていったことを実感していたし、少しでもこちらを見てもらいたいと家事を頑張った。

（血のつながった親だって私たちを捨ててしまうんだから、契約で始まった関係が終わらない保証はないよね……）

その不安や後ろめたさに蓋をすればするほど、ふと思い出して開くたび、あふれ出す負の感情が大きくなっている気がする。

それとは別に、体力的な悩みも美宇にはあった。

「ん……っ、あ……？　晶さ……ん？」

土曜日の朝、美宇を目覚めさせたのはカーテンから差し込む朝日だけではなかった。下腹部にじんじんとしたうずきを覚えたのだ。まだ意識がもうろうとしているが、脚が持ち上げられているようだ。

ぞくっ……っと襲ってくる刺激に、美宇は覚えがあった。

慌ててシーツをめくると、晶が自分の秘部を丁寧に舐めていたのだ。

「あ、晶さん……！」

「おはよう」

晶は挨拶しながら、美宇の肉芽を吸い上げる。

「んぁ……っ」

「すごい、どんどん濡れてくる……」

美宇は「はわわ」と声を震わせた。

「さ、昨晩あんなにしたのに……っ」

「あんなにって二回だけだし。今日休みだし……ね？」

ね、じゃない。このように晶は日に日に、こちら方面が旺盛になっていた。

「あ……すごい、すんなり入る……」

美宇に覆い被さった晶の先端が、ゆっくりと中に埋められる。

「へ、部屋が明るくて……は、恥ずかしい……っ」

「朝するの、俺好きかも……美宇は陽光が似合うね」

晶は美宇を味わうように、ゆっくりと身体を揺らす。

カーテンの隙間から差し込む朝日、お互い整えていない寝起きの髪――。

こんな爽やかな秋の朝に、二人で情事に耽る背徳感と、週末のけだるい朝でも自分を求めてくれるというほのかな喜びとで、美宇は身体が熱くなった。

揺さぶられながら晶を見上げると「何か言いたげだね、抗議？」と意地悪に笑う。

美宇は晶の背中に腕を回し、ぎゅっと身体を密着させた。

「晶さんのえっち……！」

自分をこんなふうに淫らにする晶への、精一杯の悪口のつもりだったが、なぜか美宇の蜜壺を埋める欲望がビクンと揺れて、さらに大きくなった。

晶は顔を赤くして、なぜか叱られてしまう。

「美宇のほうこそ、えっちがすぎるぞ……！」

急に晶の律動が激しくなり、美宇はまた何度も啼かされた。

「ああっ……あきらさ、……だ、だめ……っ」

その日、二人がおなかをすかせて寝室を出たのは正午を過ぎていた。

その日の昼食は晶がフレンチトーストを作ってくれた。

「俺もできるところを見せないとね」

フランスパンを卵液につけてたっぷりのバターで焼いたそれは、甘みもちょうどよかった。

「美味しいです！　作り置きのおかずを頼まれていたので、料理は苦手かと思ってたのに……！」

「自分のためには作りたくないだけ、美宇がこんなに喜んでくれるならいつだって」

半分くらい食べたところで、美宇は妊活の頻度を調整するよう晶に提案した。翌日に仕事がある日は遠慮してほしい、と。

「それに妊娠しやすい時期を狙って、計画的にしたほうがいいと思うんです」

美宇は自分の生理周期を記録したスマートフォンのアプリを見せた。

「この時期が妊娠しやすい期間ですので、可能なら早めに帰ってきてもらって――」

「俺、盛りすぎてた？　ごめん、この間まで機能不全だったくせに、美宇の前だと抑えきれなくて……」

肩を落とす晶を見ると、なぜか美宇が罪悪感に苛まれる。

「晶さんは悪くないです……私の体力がもたなくて。あと……」

晶が旺盛なのもあるが、自分が感じすぎて何度も達してしまうのも問題だった。

「あの……晶さんにされるの、気持ちよすぎて……このままだと私、淫乱になっちゃうのかなって思うと怖くて……」

晶に与えられた快楽を思い出すだけで、きゅんとしてしまう自分がいた。勝手に下着が湿ってしまい、仕事中に慌てたこともある。

晶が「ああぁ」と悩ましげに天を仰ぐ。

「美宇のそういうところで、また俺は興奮しちゃうんだよなぁ……うん、分かった。頻度を再考しよう」

「ありがとうございま――」

「頻度を減らして、一晩を濃密にすればいいことだし」

晶は後光が差すかのような神々しい笑みを美宇に向けた。

「えっ」

「それはそれで嬉しいな。我慢してたから」

美宇は自分の耳を疑った。我慢していた――とは？

「美宇と暮らすのが長くなるにつれ、一、二回で終わるのが結構つらかったんだよね。でも美宇はセックスそのものに痛い思い出があったし、無理させるのはどうかな……って悩ましかったんだ」

晶は上品にフレンチトーストを切り分けながら、すらすらと口にする。

「お互いの仕事の都合を見ながら調整したほうがいいな。でも妊娠しやすい期間は毎日しよう。あと予定のない休みの前日もぜひ――」

シロップをたっぷりかけたはずなのに、フレンチトーストの味がしなくなっていた。自分の性経験が乏しいせいで比較ができないのだが、これが男性の通常なのだろうか――と混乱して。

「そうだ、大事なことを忘れていた」

晶はナイフとフォークを置いた。

「しない日も一緒に眠るのは許してほしい。美宇がいないと安眠できない」

混乱の中でも、美宇の胸がまたちくりと痛んだ。

（そうだよね、私は〝ふわもちさん〟なんだもの）

美宇はゆっくりとうなずいて、味のなくなったフレンチトーストを飲み込んだ。

その日、美宇が浮かれて出勤したのには理由があった。ハウスキーパーの新規派遣先から指名をもらったのは初めてのことだったからだ。

仕事ぶりがいいと知人に聞いた、と事務所経由で指名理由を教わった。

(頑張ってると認めてもらえるものなんだな)

新規派遣先は渋谷区松濤の一軒家。五十代の女性の、立派なお宅だった。依頼の時間は四時間。迎えてくれた上品な女性はキッチンと風呂場の掃除を要請した。

「突然の依頼なのに受けてくださってありがとう。ときどきお手伝いさんに来てもらってるんだけど、あなたがお掃除上手だと聞いて、姪がどうしても呼んでと言うから……」

女性が困ったように頰に手を当てる。姪っ子さんは女性の旦那さんが役員を務める会社で働いているため、現在は一緒に住んでいるのだという。

美宇はそんな身の上話を聞きながら、さっそく仕事を開始した。キッチンなどはお手伝いさんが通っているおかげか、念入りに掃除するまでもなかったので、換気扇の掃除を申し出た。

風呂もさほど汚れていなかったが、普段手が届かない部分や排水口までぴかぴかにする。ついでに洗面台も整理整頓し、磨いているうちに三時間が経過した。

「あと一時間ありますが、どこをお掃除しましょうか。お買い物やお洗濯も承りますが」

そう女性に指示を仰いでいると、玄関で音がして「ただいまー」と若い女性の声が聞こえた。

「ねーおばさま、ハウスキーパーさん来た？」

「いらしてるわよ」

リビングに姿を現した姪という女性を見て、美宇は呆然としていた。

「いらっしゃい、ハウスキーパーさん」

緩く巻いた黒いロングヘアとスーツ姿で立っていたのは、エフェクトの第二秘書室――晶も担当している部署――の秘書だったのだ。もらった名刺を思い出す。確か名前は、桐谷玲於奈――。

「あ……ご無沙汰しております、桐谷さんのお宅でしたか」

頭を下げつつ、ばくばくと跳ねる心臓のあたりを手で押さえる。

（彼女が指名してくれたということは、何か意味があって……？）

知り合いなのか、と女性に問われ、玲於奈は「ちょっとだけね」と片目を閉じて美宇を見下ろした。

「まだお時間大丈夫なの？　じゃあ私の部屋をお願いしようかしら。衣替え、手伝ってくださる？」

美宇は玲於奈に部屋に案内される。

「あのグレーのワンピースもお似合いだったけど、そのシャツも素敵じゃない」

フラワーメイドとプリントされた白のポロシャツを指さした。字面にすると褒めているのに、視線と口調のせいでそのように受け取れないのはなぜだろうか。

「ありがとうございます……」

クローゼットからドサドサと出される服を、美宇は一枚一枚整理した。

「半袖は奥の収納に、秋冬物はハンガーにかけて」

美宇は指示に従って黙々と作業をする。

「ねえ、どうして神手洗常務の婚約者なのに、こんなみすぼらしい仕事続けてるの？」

ベッドに腰掛けて眺めていた玲於奈が、冷たくそう尋ねる。

「このお仕事が好きですし、弟の進学費用を貯めたいので……」

「大変ねえ、お仕事に注力されたほうがいいんじゃない？」

併せて玲於奈が「私の叔父がエフェクトの役員ってご存じかしら」と聞いてきたので、先ほど奥様からうかがったと答える。

「役員の間では、神手洗常務と私との縁談を進めるのが望ましいという話が固まってたのはご存じなの？」

ぽと、と片付けようとしていた日傘を絨毯に落としてしまう。

「やだあ、大切に扱ってね。それは神手洗常務がくださった日傘なんだから」

秘書の桐谷玲於奈との縁談、晶が彼女にプレゼントした日傘――。

指の先から冷えきっていくのが分かる。それなのに心臓の音はひときわ大きく感じてしまうのだから、自分の混乱ぶりがよく分かる。

どういう関係かも分からないいし、かつて交際していた相手かもしれない。それをわざわざ自分に知らしめるために、玲於奈は自分をハウスキーパーとして呼んだのだろうか。

「聞いてます？　今はうちに派遣されたハウスキーパーでしょ、返事くらいしたらどう？」

「……申し訳ありません、お掃除の指示でしたらうかがいますが、プライベートなお話でしたら遠慮させていただきます。ただのハウスキーパーですので」

「さすが長年掃除婦されているとプロ意識があるのね、素晴らしいこと。〝誰の家に派遣されたか〟も口外しない規約だしね」

つまり〝守秘義務があるから晶に告げ口しない〟と分かっているのだ。

「もちろんです、家族にも言わないことになっておりますのでご安心ください」

美宇はマニュアル通りに、玲於奈にそう頭を下げた。

以降は派遣終了の時間まで、玲於奈が自分に絡んでくることはなかった。しかし――。

帰宅してまもなく、フラワーメイドの事務所からスマートフォンに着信があった。

本日の派遣先からクレームがあった、と。

「ブランドのバッグを物欲しそうに見ていた」「日常会話も拒否する愛想のなさ」「大事な物を床に落とすなど、物の扱いが雑」――。

初めて受けたクレームだった。事務所は美宇の仕事ぶりを知っているので、気を遣いながらの報告だったが。迷惑をかけたこと、フラワーメイドの評判を下げたことを謝罪し、美宇は電話を切る。

(奥様、きれいになったと喜んでくれていたんだけどな……)

玲於奈が本当に晶の婚約者候補だったとしたら、今日の指名も桐谷家の嫌がらせだと捉えることができるが、美宇は自分を責めた。

(その悪意を覆すくらいの、いい仕事をしてみせなきゃいけなかったんだ)

評価されたくてやっているわけではないが、想像以上に堪えていた。ツン、と鼻が痛くなったが涙は我慢できた。同級生に脅されて退学目前にまで追い込まれた渉流、盗撮されて巻き込まれた明里――。世の中にはもっともっと、つらいことなんてたくさんあるのだ。

これくらいでめそめそする資格は自分にはない、と。

明里と渉流と一緒に夕飯をとり、帰りが遅くなった晶を部屋で迎えた。

晶は通話をしながら、手で「ゴメン」と合図をして靴を脱ぐ。会話は流ちょうなビジネス英語なので、美宇には単語程度しか聞き取れないが。

晶が電話を切ると、美宇によろよろと抱きついてきた。どさくさに紛れて二の腕をふにふにしている。

「時差を考えてほしいよなぁ、ただいま」

おかえりなさい、といつものように返したつもりだが、晶がじっと顔を見つめてくる。

「……何かあった？」

「えっ？」

「声に元気がない。朝は嬉しそうにしてたのに」

「そ、そんなことないですよ。化粧のせいかな」

詳細は言えないので笑ってごまかす。ふと、晶がプレゼントしたという玲於奈の日傘のことが浮かび、そしてもやもやが胸の中にたまっていく。

（守秘義務があるから縁談や日傘のことなんて聞けないし、聞いたって意味ないし、聞く資格だってないし……）

晶は美宇の頬を両手で包んで「大丈夫？」と顔をのぞき込んできた。

「大丈夫です」

笑顔を作ってうなずくと、晶はスマホを取り出した。

「そういうとき、本当に何もない人は、自分が大丈夫かと尋ねられたことを疑問に思うものだよ」

しまった、と顔を隠しているうちに、晶がどこかに電話を掛けた。今度の土日二名、とか、例の部屋がいいのですが、とか。首をかしげていると、電話を終えた晶が美宇の両肩をぽんっと元気よく叩いた。

「今週末はプチ旅行です」

「ええっ！」

大声で驚いてしまい、慌てて口を塞いだ。近所迷惑を気にした美宇に、晶が「だからペントハウスだって」とケラケラと笑っていた。

高級ブランド店を貸し切ったり、外商を呼んだり、自分の足で渉流が脅されていた証言を集めたり、突然旅行を決めたり――。

（本当に、びっくり箱みたいな人）

美宇もつられて笑ってしまうのだった。

明里と渉流に週末の旅行を告げると、とても喜んで賛成してくれた。

「お姉ちゃん、お母さんがいなくなってから旅行なんて初めてじゃない？　気にしないで何泊でも行ってきなよ！　渉流なら私が寝かしつけしてあげるし」

「子ども扱いすんなよ……美宇姉ちゃん、楽しんできてくれよ。お土産楽しみに待ってるから」

明里は美宇の腕にぎゅっと抱きついた。

「私嬉しい、お姉ちゃんが自分の人生を生きるようになって。渉流の言うように、今は私も渉流も子どもじゃないからさ、家のことは忘れて思いきり楽しんできて」

美宇はこくりとうなずいて、握っていたマグカップをもじもじと回した。嬉しくてくすぐったくて、ちょっと恥ずかしくて——。

出発まであっという間だった。

土日に仕事をしなくていいように、晶はその後三日は帰宅が遅かった。妊活もせず、ただ先に就寝していた美宇をぎゅっと抱きしめて眠りについた。

土曜日の朝は二人で早起きをして荷造りをした。

晶に買ってもらったランディールの服でおめかしをして、いつもより少し時間をかけて化粧をした。リップが濃すぎた気がしてティッシュで落とすと、今度は落としすぎた気がする。さらにチークも合っていない気がし始めた。料理で味見しすぎると味が分からなくなるように、化粧もしすぎると混乱してしまうのだろうか――。

(服もメイクも変じゃないかな。ちゃんとしておかないと。晶さんはどうせ私服でもかっこいいだろうし……準備の段階でどきどきしてる……!)

当然、旅行のための私服も晶にはとても似合っていた。

キャメルのジャケットに白いニットとダークブラウンのスラックスを合わせている。俳優の写真集から飛び出てきたかのような神々しさだ。

「素敵な装いです」

美宇が褒めると晶は礼を言って、こう続けた。

「美宇こそ、今日はいつもとちょっと違う雰囲気だけど、すごく似合ってる。俺が贈った服を着てくれたのも嬉しい」

混乱しかけた準備だったが、時間をかけてよかったと美宇は喜んだのだった。

新幹線が出発する東京駅までは運転手に送ってもらった。

美宇は年甲斐(としがい)もなくわくわくしていた。学生の時以来の旅行、久しぶりの新幹線――。

行き先は那須高原のため、晶は車も検討していたようだが「運転してたらじっくり美宇の顔が見られないから」と新幹線に決めたそうだ。

「どんなところに泊まるんですか? 旅館? ホテル?」

美宇がそわそわしながら尋ねると、晶は「内緒」と人差し指を唇の前に立てて、美宇のボストンバッグを奪った。自分で持てると主張したが聞いてはもらえない。

初めて新幹線のグリーン車に乗って到着した那須塩原では、駅前で迎えの車が待っていた。

「お久しぶりでございます、神手洗さま」

「お世話になります、今回は一人じゃありませんよ」

晶は迎えに来た支配人に、婚約者である美宇を紹介する。

「これはこれは、誠におめでとうございます」

支配人が駅に迎えに来るとはどういうことだ、と困惑しつつ、美宇はリムジンに乗り込んだ。

車窓から外の景色を楽しむ。会話にも花が咲く。本当に疲れ果てたとき、スマホもパソコンもすべて電源を切って、この那須高原で一人旅するのだと晶は教えてくれた。

「一人で何をするんですか」

「部屋で大の字に寝転がって天井じっと見てるだけ。で、ときどきお酒を飲んで部屋の露天風呂に入る」

「一般家庭の日曜日のお父さんみたいなことを、旅館でしちゃうわけですね」

「そうそう、でも空気が美味しいし、誰も邪魔しないから最高だよ」

到着した宿に、美宇は絶句した。

立派な旅館を通り過ぎたかと思うと「別邸」と書かれた建物に案内される。そこには数人の仲居さんが並んで到着を待っていた。

同伴する支配人が美宇に説明した。

「こちらの別邸は一組さまのみのご宿泊ですので、ごゆっくりおくつろぎください」

晶が気に入っている宿なので高級旅館だろうとは思ったが、まさか一棟貸し切りだとは――。

部屋も立派どころの騒ぎではなかった。貴賓室とかスイートとかいう名称がよく似合う、品のある客室だった。

和洋室になっていて、キングサイズのベッドがある寝室、庭が一望できるリビング、簡易キッチン、カウチソファと大画面テレビのある第二リビング、その一角に一段高くなっている畳の部屋があり、小さな子どもなら運動会ができそうな広さだ。調度品もよくは分からないが、素人が見て鳥肌が立つほどなのだからおそらく一級品だ。生けられた季節の花も、主張しすぎず、それでいて華やかに部屋を彩っていた。

「部屋気に入った？　屋内は大理石の風呂、庭には檜（ひのき）の露天があるよ」

脱いだジャケットを仲居に預ける際、晶は白い封筒も一緒に渡していた。

（あっ、心付け……！）

常識としては知っていたが、ほとんど旅行に行ったことのない美宇は用意を完全に失念していた。二人になってからそれを晶に謝罪する。

「この旅行は俺が行くって決めたものだから、美宇がそこまで気を回す必要はないよ」

庭が見渡せる縁側に腰掛けた晶は、美宇を手招きして横に座らせた。

「何も考えずに二人でのんびり過ごそう。美宇はずっと気を張っていなければならなかったから、これからは緩め方も覚えてほしい」

そう言って美宇の肩を抱いて引き寄せた。

「晶さん……」

自分が弟妹を守る最後の砦だという自覚はあった。支えてくれる親族もいなかった。自分が倒れてしまったら、二人の人生がめちゃくちゃになってしまう。そんなプレッシャーで気を張っていたのだろうとは思うが、もう慣れた。慣れたと思っていた。

（でも……）

晶の胸板におでこを寄せて甘えてみると、なぜか泣きたくなった。

「パートナーって、そういうときに支えるものだろう？」

その言葉に、美宇は思わず目頭が熱くなる。支えられすぎている気もするが〝どんなピンチでも助けてくれる人〟がいるというのは、想像以上に心強く、そして心地のいいものなのだと実感する。

美宇は思わず、先日の失敗を打ち明けていた。

個人情報は言えないが、ある派遣先で嫌な思いをして愛想よく返事ができず、初めて事務所にクレームが入ったことを——。

しずかに「うん」とだけ相づちを打って聞いていた晶は、美宇の頭に自分の額を寄せた。

「美宇の仕事ぶりは知っているから、悔しかっただろうね」

「褒められたくてやってたつもりじゃなかったんですけど、クレームは結構ショックだったみたいで……」

晶に腕枕をされた状態で、二人で縁側にごろりと寝転がる。

秋空に広がるすじ雲と、ほんのり色づき始めた木々と、遠くでヒーヨヒーヨというかわいい小鳥の鳴き声が、美宇の心を癒やしてくれる。

普段はよく話す晶だが、今は何も言葉を発しなかった。二人でこの穏やかな時間を共有するだけで、じわりじわりと、嫌な記憶が溶け出していく気がした。

どれくらい、二人で寝転がっていただろうか。晶がぱっと身体を起こして「日が暮れる前に露天に入ろう」と誘った。

まだ明るいし、二人で入るなんて……と躊躇するが、晶は強引に美宇を抱えた。

「じろじろ見ないから。見ない見ない」

何度も言うところが怪しい。

晶が先に入っている乳白色の露天風呂に、タオルで身体を隠した美宇が足先を浸す。硫黄の香りが温泉地に来たことを教えてくれる。お湯はさらりとしていて、湯温も熱すぎずにちょうどよかった。

「わあ、気持ちいいですね……」

「うん、ここは見晴らしもいいから明るいうちに入ると得した気分になるんだ」

だから先ほど「日が暮れる前に」と急いでいたのか——。美宇は後頭部でお団子にした髪の毛が湯に触れないかと気にしながら、那須高原の空を見上げた。空気が澄んでいるせいか、いつもの空より奥行きがあるように見えた。

じろじろ見ない、という約束を守ってくれているのか、晶はあまりこちらに顔を向けずに口を開いた。

「仕事さ……やめたら？」

「私にだってプライドがあります、これくらいでへこたれません！」

た。
美宇は拳を作ってみせる。
いやそうじゃなくて、と晶は美宇の手首をつかむ。いつの間にか顔がこちらを向いてい
「俺の奥さんっていう仕事だけじゃだめ？」
湯気の中でも、それが冗談ではないというのは晶の表情で分かる。彼が自分を憎からず
思ってくれているからこその言葉だということも、これまでの誠実な態度から伝わる。
しかし、美宇の頭の隅に必ず「契約」の二文字があった。
「だって……契約がだめになるって可能性もあるじゃないですか。妊活が成功しないこと
だってあり得るし」
口にはできないが、秘書の桐谷玲於奈の顔と日傘が脳裏に浮かぶ。契約ではなく晶が本
当に結婚したい人ができるかもしれない。そうでなくても、蒸発した母親のように、いつ
かは自分に愛想が尽きるかもしれない。
「そのときに無職の状態だときつい――」
言い終える前に、晶の腕の中に抱き込まれた。
「そんなに悲観しなくてもいいじゃないか……俺のこと、そんなに信じられない？」
「あ、きらさん……」

湯の中で密着した身体が、熱を共有する。

「それとも、そんな未来を美宇が期待してるってこと？」

晶の問いに、美宇は首を左右に振った。

「ご、ごめんなさい、そんなつもりじゃ……でも可能性の話で。私のふわもち具合を気に入ってもらっているのも分かってて――」

「全然分かってないじゃないか」

「え？」

「妊活契約を持ちかけたのは、美宇の抱き心地がよくて安眠できたことがきっかけだったけど、俺はそれだけのために仕事を切り上げて早く帰宅したり、週末に旅行をセッティングしたりするほど、欲のない男じゃない」

晶は美宇の唇を塞いで舌を絡めた。

「ん……っ」

どれくらいキスをされていただろうか、ようやく解放されると、晶がこちらに向ける目が据わっていた。

「全然、分かってない」

檜の浴槽の縁に、晶と向かい合うように座らされた美宇は全身をくまなく舐られていた。首筋や鎖骨、胸、腹、太もも、そしてつま先まで。

「あっ……あ、あ、あき、晶さ……っ」

抵抗すると、お仕置きするように肌を甘がみされる。いつもは優しく愛撫してくれる晶が、こんなふうに意地悪するのは初めてのことで美宇は喘ぎながらも戸惑っていた。

身体が火照るのは、湯あたりのせいなのか、それとも晶のせいなのか——。

愛撫だけで、美宇は何度も何度も絶頂を見た。自分ばかりが気持ちよくなっては妊活にならないのに、晶は最後までしようとしない。

「あ、晶さん……もう……」

美宇はそそり立つ晶のそれに手を添えて、うつむいたまま誘う。すでにはち切れんばかりに膨張していて、晶だって苦しいはずなのだ。

しかし「しない」と拒まれ、晶の愛撫が再開する。

「えっ……ど、どうして……だって妊活——」

「美宇がしてって言わないとしない。言われたい」

晶の指や舌が、美宇が悦ぶ場所を的確に愛でていく。晶は怒っているようだが、その動きひとつひとつは優しくて、崩れやすい水菓子をもてあそんでいるよう。

（「して」って言われたいって、そんな）

そう聞くと、余計に下腹部がきゅうと切なくなる。彼自身を迎え入れたくて、でもそれを言葉にするのは難しくて、脚をもじもじとすり合わせる。晶の腕が太ももに挟まれて捕まった。

「何これ、抵抗してるつもり？」

「いえ……あの……」

「俺が美宇のここ、好きなの知ってるくせに？」

ここ、と言いながら晶の大きな手が美宇の太ももをふわふわとつかむ。

（好きならもっと――）

美宇は晶の首に腕を回し、思いきって自分からキスをした。

晶は固まって、湯けむりの中でも分かるほど顔を赤くしている。

「好きならもっと、してください……分からせてくれたらいいじゃないですか……！　わ、わ、私だって、妊活じゃなくても晶さんとくっつきたいし、でもそういうこと言うと鬱陶しいかなって、そんな権利ないかなって思ったり……いろいろ考えて……」

じわりと涙が出てきた。

（もう頭がぐちゃぐちゃだ）

弟妹の生活のこと、晶と突然始まった婚約者生活のこと、みすぼらしい服を晶の会社で笑われたこと、秘書の桐谷玲於奈に嫌がらせをされたこと、晶への好意が更新され続けて契約からあふれ出そうなこと――。

「あ、あ、晶さんのばか……」

限界がきて、小学生レベルの悪口しか言えなくなってしまう。けんかしたいのではない。

晶が「うう」と呻いてうつむく。

「ばかって言われるのが、こんなにドキドキするなんて……」

晶は美宇を抱き上げて湯船に沈める。そうして頬や唇に何度もキスをした。

「いい年して意地を張ってごめん、美宇に境界線を引かれてる気がして腹を立ててしまった……身体冷えてない？」

湯の中で太ももに晶の硬いものがあたり、美宇はどきりとする。

「……冷えてません……私も悪口言っちゃってごめんなさい」

「美宇に言われると怒るどころか嬉しくなるからもっと言ってもいいよ」

「そんな変態みたいな……」

「美宇のせいだよ……仕切り直し、してもいい？」

熱いまなざしがこちらに向けられる。晶の濡れ髪からしずくが落ちてくる。

美宇は晶に向かい合い、彼の首に腕を巻きつけた。

「……分かってない私に、ちゃんと教えてください」

「明日の朝までかかるけどいい？」

「休憩はさんでくれるなら」

美宇はふふ、と笑って晶の舌を口内に迎え入れた。


湯船から上がってベッドで高め合うと、食事のあとも、お酒を飲みながら温泉を楽しんだ。夜はここから、と言わんばかりにベッドになだれ込んで激しくむつみ合い、何度達したか分からないまま眠ってしまった。

そうして朝日を覚ました美宇は、驚愕した。晶が自分を背後から包み込むように抱いて寝ているのはいつも通りなのだが——。

（ま、まだ入ってる……！）

美宇の中で果てたまま、晶も眠ってしまったのだ。しかも朝の現象が手伝って、再び中で大きくなっている。

「ん……？」

目覚めた晶が違和感に気づく。

「あ、あれ……俺このまま……？」

かーっと彼の顔が赤くなっていく。

美宇はおかしくなって笑ってしまった。自分たちはどれだけ旺盛なのだ、と。

が、笑い続けていられなくなったのは、晶が腰を動かし始めたからだった。

「あっ……えっ……？」

「ああ、気持ちいい」

美宇の中を味わうように、晶はうっとりと目を閉じた。

「や……っ、あ、だ、だめ、朝……っ」

反り返った晶の剛直が、美宇の中を擦り上げる。背後から回された大きな手が、美宇の胸を優しく、でもいやらしく揉む。人差し指と親指で乳首を揉み潰されると、また愛液があふれた。

肉欲がぶつかるような夜のセックスと違い、朝の交わりはまるで戯れだ。

晶の陰茎が出入りするリズムも、ぬち、ぬち、とゆっくりで、うなじに降るキスは鳥についばまれているようだった。

もどかしいけれど、このままずっとこの気持ちよさを味わっていたい気分にもなる。

「このまま……ずっと入れてたい……」

「あ、あきらさ……ぁん……」

美宇は首だけ振り向いて口をゆっくりと開けた。おつりが出るような情熱的なキスを、晶はくれる。

まどろみのなかで行われる到達点を求めない睦み合いは、美宇の心も体もとろとろに溶かし続けた。


チェックアウトを済ませて帰る準備をしていると、支配人が「日傘をお使いになりますか？」と差し出してくれた。今日は日差しが強いらしい。

晶が「女性って日傘、結構持ち歩いてるよね」と漏らすので、美宇はどきりとした。玲於奈が持っていた日傘を思い出したのだ。晶がプレゼントしたという――。

「ど……どうでしょう、私はあまり使わないんですけど」

晶は昨年購入した日傘のことを口にした。大きなプロジェクトが大成功した際、秘書室の女性全員に日傘をプレゼントした――と。

「スタイリストにお金を預けたら、男性は雨傘、女性には日傘を用意してくれたんだ」

「えっ、全員……ですか」

美宇が顔を上げる。

確かに玲於奈は「神手洗常務のプレゼント」とは言ったが、個人的な贈り物かどうかには言及していなかった。ブランド物だったので、てっきりそうだと美宇は思い込んでいたのだが――。

「うん、不公平にならないように。でも女性秘書は日傘、男性秘書は雨傘がお揃いになっちゃったから、間違えて持って帰る人が続出して笑いものになった」

べっとりと自分にまとわりついていたものが洗い流されたように、気分が軽くなっていく。そうして、ようやく美宇は、自分が抱えていたもやもやの正体に気づいたのだった。

(私、嫉妬してたんだ)

前を歩く晶の背を、美宇は見つめた。

広い背中、頼もしい腕、低くて優しい声、誠実なのにちょっと強引な性格――。

たった一本の日傘で嫉妬してしまうほど、晶に惹かれていることを認めると、心が急に弾む。

小走りで晶に追いついて、思いきって彼の袖をつかんでみた。

美宇の意外な行動に驚きつつも、晶はふわりと顔をほころばせて美宇の手を握る。

「手、つなぐ？」

「はいっ」

実は手をつないで歩くのは初めてのことだった。

（妊活までしてるのに……ほんと、私たち順番が全部逆ね）

指を絡ませ合うようにつないだ手のひらから、晶の体温がじわりと伝わってくる。晶の親指が、美宇の手首や手の甲をなぞってちょっかいをかける。

美宇はぎゅっと手を強く握って仕返しをするのだった。

ずっと触れていたい、くっついていたい。そんな気持ちを自分が持てるようになるなんて、思ってもみないことだった。

観光地に向かう車に乗り込む際、支配人がこっそりと美宇に教えてくれた。

「こんな穏やかな神手洗さまを拝見するのは、大人になってからは初めてですよ」

晶が気づいて「俺に内緒の話？　なになに」と詰め寄るのだった。

帰る前に観光地に立ち寄り、晶おすすめの名勝地を散策した。都内では見られない鳥や植物に囲まれ、木漏れ日に照らされていると、深く呼吸ができたように気分が軽くなる。

ヒーヨヒーヨと鳴いている鳥が頭上を飛んで行った。

「昨日もあの鳴き声聞いたな、なんていう鳥だろう」

「その名の通りヒヨドリだよ、かわいいよね鳴き声」

「あれがヒヨドリ！」

美宇はスマートフォンを取り出してなんとかヒヨドリを撮影しようとしたが、遠すぎてうまくいかなかった。

「ああ、思い出に一枚残せたらよかったのにな」

晶は美宇の肩を抱いて「また来よう」と言ってくれた。

その一言が美宇には嬉しかった。二人の関係にはまだ未来があるのだと教えてくれているようで。

有名影絵作家の美術館にも立ち寄った。

「この影絵作家、高齢だけど今も現役で、紙の切り出しはカミソリでしてるんだって」

「詳しいですね晶さん」

「美宇にかっこいいところ見せたくて調べてきた」

妖精が動物たちと戯れている夢のような影絵を見ながら、二人でくすくすと笑い合う。

こんな何気ないやりとりでも、胸の奥底から温かいものがこみ上げる。

土産物売り場でかわいいペーパーウェイトを見つけたので明里と渉流のお土産に購入した。

「二つ？　自分のは？」

「素敵な思い出ができたから十分です」

包んでもらったお土産をバッグにしまい、タクシーで駅に向かう。

帰りの新幹線で「これは美宇へのお土産」と小さな紙袋を渡された。開いてみると、先ほど立ち寄った美術館の、来年のポストカードカレンダーだった。

「これはただのカレンダーじゃないぞ。俺との約束付き。このカレンダーに印をつけて、あの宿に泊まりに行くっていう約束」

晶はそう言って美宇の手を握る。

「晶さん……」

心臓や肋骨が、ぎゅうぎゅうとサラシで締めつけられるように胸が苦しい。自分は日傘一つで嫉妬してモヤモヤしていたというのに、晶は自分との時間をこんなにも大切にしてくれている。

嬉しくて、なぜか切なくて、涙がじわりとあふれてくる。

「晶さん、わたし、嬉しい……」

美宇は晶の肩に額を預け、ぎゅっと目を閉じた。大きな手が頭を撫でてくれて、頭頂部に優しいキスをくれた。

思いがあふれて、堰（せき）が決壊しそうになっていた。

那須塩原へのプチ旅行から二週間。美宇は高級レストランの入り口で、身体を硬直させていた。

今日はこのレストランを貸し切った役員だけの懇親パーティーだ。年に一度、家族同伴で開かれるのだが、晶は婚約者の紹介を求められ、美宇を同伴することになったのだ。

晶にエスコートされた美宇は、深呼吸する。

「き、緊張しますね……」

「大丈夫、役員は監査入れても二十五人しかいないし、社長は今海外にいるから来ないしね」

社長とは晶の父親のことだ。本来なら真っ先に会うべき両親は、まだ帰国していない。連絡はしていて、美宇と会うのを楽しみにしているのだそうだが――。

役員二十五人が多いのか少ないのかは判断がつかないが、パーティー会場の高級レストランを見る限り、自分とは別世界の人々だということだけは分かる。

「このランディールのセットアップ、買っていただいてて本当によかった……また晶さんに恥をかかせるところでした」

美宇はツイードの裾をつまんで、晶を見上げる。

「俺の自慢にはなっても、美宇が恥になることはないよ。〝また〟ってことは、過去になにかあった？」

「あっ、いえ、先月会社にお邪魔したときに質素なワンピースを着ちゃってたので……」

誰かに言われたの、と晶から表情が消えていく。

「そういう人物、うちにはいらないんだけどな。顔は覚えてる？」

覚えていないとごまかして、美宇は晶とレストランに入った。

受付は秘書たちがしているようで、そこには第二秘書室の桐谷玲於奈の姿もあった。

タイトな白スーツに、オパールらしき花形の一粒ネックレスがさりげなく輝いている。

目立たないようにしながらも、ブランド宝飾品が際立つ上品なコーディネートだった。

挨拶をした晶が、玲於奈のネックレスを指さして「あっ」と声を上げる。

玲於奈が「気づいてくださいました？　これ新作で――」と笑みを浮かべる。

晶はそれをさほど気に留めず、ポケットから箱を取り出した。

「ネックレス！　危ない危ない」

晶は箱を美宇の前で開けて見せる。おそらくダイヤモンドであろう透明の石がびっしりと敷き詰められた、リボンを結んだ形のペンダントが照明を反射して輝いていた。

「今日つけてもらおうと思って、昨日のうちに受け取ってきたんだ」

晶が美宇の背後に回り、それをつけてくれた。今日の服にも合ってる、と満足そうだ。

「晶さん、いつの間に……」

「この間、外商が来たときも美宇がいらないって意地を張るから、勝手に頼んでたんだよ。アクセサリーで飾り立てなくても美宇はきれいだけど、悪い虫たちに俺の奥さんだって牽制しないといけないから。その印」

晶から「気づかせてくれてありがとう」と礼を告げられた玲於奈は、こわばった笑みを浮かべていた。

「私……宝飾品には縁がなくてお恥ずかしいんですけど、これってダイヤモンドですよね？　私がつけて大丈夫な額のものですか？」

「大丈夫大丈夫、その店では高いほうではないから」

玲於奈の横にいた三十代の秘書が「ふふ」と笑って解説してくれた。

「奥様、それは英国の老舗ジュエリーブランドのもので、上品でとってもよいお品ですよ。お似合いですわ」

えっ、と声を裏返して晶を見るも、「さあ席に座ろう」と移動を促される。

（まさか、またランディールの服のように何十万円もするんじゃ……）

恐ろしくて触れることもできない。

同じテーブルに着席した、別の役員の奥様が、胸元で光るネックレスを褒めてくれた。

「まあ、ガラフの新作だわ。素敵ねえ、常務にいただいたの？」

「ええ、先ほど……晶さん、何十万円もするものを簡単に買っちゃうので私怖くって」

「やだ、それ桁がもう一つ上よ、国産の新車が買えるわ。ガラフはもう一桁上のものもあるけど」

ヒュッと喉がなる。だから『店では高いほうではない』と言っていたのか。胸元にぶら下がる新車、と思うと首を動かすのも恐ろしくなってきた。

ちくり、と視線を感じる。見回すと玲於奈がこちらを見ていた。にらまれているのかと思いきや、ふっと笑みを浮かべてこちらに会釈をする。

ハウスキーパーとして呼んだり、日傘の話をしてみせたり――彼女は一体何が狙いなのだろうか。

（ただ嫌いだから嫌がらせをしているだけだったらいいんだけど）

嫌な予感が美宇にまとわりつく。

格式高いレストランのわりには、和気藹々（わきあいあい）としたパーティーだった。

役員の一人がマイクで、晶の婚約を祝福してくれたので、美宇は晶と一緒に立ち上がりお辞儀をした。拍手が響く中「紹介してくれ」などの声が聞こえる。

「ご婚約者の美宇さんは働き者だということで、極秘にお仕事を見せていただきました」

マイクを持った壮年の役員は、そう言ってプロジェクターを起動させる。

そこには、四つん這いになって床を拭き掃除している美宇の姿が映し出された。

美宇は呼吸の仕方を忘れるほどの衝撃を受ける。

画面に映っていたのは見覚えのあるキッチン——先日派遣された世田谷区の家だった。

そう、桐谷玲於奈が住んでいる役員の自宅——。

「実はこの日のために、我が家にハウスキーパー会社を通して派遣してもらったのです。姪っ子が記念に撮影してくれていました！　どうでしょう、お掃除一生懸命に頑張っていじらしいでしょう！」

どっと笑いが起きた。中には「どこかのお嬢さんじゃなかったの」などと眉をひそめている人もいる。「婚約に何のメリットもないじゃないか」とも。

美宇は顔を上げられなくなっていた。指先が震えて止まらない。背中がじわりと嫌な汗をかいた。

「なんでも親御さんが蒸発してごきょうだいを養っているとか、素晴らしいですねえ」

吐き気がこみ上げる。

高級ブランドの服を着てもダイヤのネックレスをしても、何の意味もなかった。

自分の生まれ育ちは、晶にはふさわしくないと言われているのだ。弟妹を食べさせるために必死でもがく姿も、恵まれた人たちにはコミカルに見えるのだ――。

美宇は泣くまいと、きゅっと唇をかんだ。誰も恨むまい、ときょうだいたちで励まし合って生きてきた。今それを誰に笑われようと、気にしたほうが負けなのだ。

(でも、私のせいで晶さんに恥をかかせてしまった……)

美宇は「ごめんなさい」と声を振り絞った。晶にだけ聞こえる程度の声量で。

「謝るな、美宇」

晶は美宇の肩にそっと手を置いて立ち上がった。

彼の異様な雰囲気に、談笑していた役員たちが静まり返る。

「そんなにおかしいですか？　彼女の仕事を笑った者の顔、覚えておきます。人物眼のない者は、人の上に立つべきではないと思いますがね」

晶はそう言うと、美宇を立ち上がらせた。ボーイに車を呼ぶよう指示する。

「いやいや神手洗常務、ただの余興じゃないですか」

晶は「桐谷さん」と壮年の役員をにらみつけた。

「これがただの余興で済むなら弁護士はいらないんですよ。本当はあなたの横っ面をぶん殴りたいが、美宇が怯えるので我慢します。謝罪は受け入れません、法廷でお会いしましょう」

晶は美宇の肩を抱いてレストランのフロアを出た。

ぴたりと足取りが止まったので美宇が顔を上げると、受付の桐谷玲於奈を晶は貫くようににらんでいた。

そのまなざしに玲於奈は怯えていたようだが、声を振り絞るようにこう言った。

「役員の……みなさんは……、神手洗常務にはもっとふさわしいお相手がいると、よかれと思ってこのような——」

晶は鼻で笑った。

「ふさわしい相手？　懸命に仕事と向き合う人を隠し撮りして嘲笑するような人物が、俺にふさわしいと？」

行こう美宇、と優しく声をかけて髪をそっと撫でた。

玲於奈が「私は叔父の余興を手伝っただけで」と弁明を始めると、晶は振り返って、突き刺すような冷たい声音でこう告げた。

「君は叔父思いだったのだな。では次の異動で彼を担当する第三秘書室に移りなさい。これから窮地に陥る彼を支えてあげるといい」

車の後部座席に乗り込むと、晶は美宇の肩を抱き寄せて、謝罪を口にした。

「こんな思いをさせてしまうなんて……本当にごめん」

美宇は首を横に振って、大丈夫だ、と伝える。

「この間落ち込んでいたクレーム元というのは、桐谷家のことか?」

「守秘義務があるので言えないんです」

そうか、とだけ晶は答えた。

「本当にごめんなさい、晶さんに恥をかかせてしまって……」

床に四つん這いになって掃除している自分の姿を、あんなに笑われるなんて。ただ必死に生きてきただけなのに、どうして。晶にふさわしくないと周りの人に知らしめるために、こんな仕打ちを受けなければならないのだろうか。

我慢していた涙が、ぼたぼたと落ちてきた。

「な、なんでこうなっちゃうのかなあ……」

泣きながら、ちょっとおかしくなって笑えてきてしまった。

「まさか写真を撮られてるなんて気づかなくて……まぬけだなあ、私……」

口で笑おうとして、顔がくしゃくしゃになっていくのが自分でも分かる。せっかくきれいな洋服やアクセサリーを用意してくれたのに。着ている人間がみっともないのだから、どうしようもない。

晶の胸に、美宇は強く抱き込まれる。涙と鼻水で彼のスーツを汚してしまうと抵抗したが、放してはもらえなかった。

「美宇は何も悪くない。傷つける用意がされていたと気づかなかった俺が馬鹿なんだ」

すまない、と何度も晶は謝罪した。

「謝罪と抱きしめることしかできないけど、お願いだ。俺から離れないで」

美宇の額や髪に、晶が何度も口づけをする。

「もっと守れるように力をつける。だから――」

美宇の額に、晶が額を寄せた。流れていく街の明かりだけが、自分たちを照らす。

「もう泣かせない。だから、美宇のそばに置いてくれ」

晶の言葉に、きゅうと心臓が絞られた。

誰もが物語の主人公は、エフェクトホールディングスの御曹司だと思うだろう。彼の婚約者はそれを支えるパートナーなのだ、と。その関係性にふさわしい、晶の言葉は「そばにいてくれ」だろう。

それなのに晶は、美宇を中心に自分を「そばに置いて」と懇願した。美宇を主人公にしてくれたのだ。

「あ……晶さん……私でいいんですか、こんな……誰も認めてくれない私で……」

「俺の婚約者なのに他人の承認は必要ないだろう？　俺は、美宇の男になりたいんだ」

晶は美宇の手の甲にも、キスを落とした。

（私の男……）

その響きを心の中で反芻しながら、美宇は目を閉じて晶の心音に耳を傾けた。

一連の騒ぎがテレビのワイドショーに取り上げられたのは数日後だった。

『パーティー騒然？　エフェクトお家騒動』『原因は御曹司の婚約者か、役員同士が法廷で争う可能性も』

先日のパーティーと、美宇への侮辱に関する晶の民事訴訟発言が外部に漏れ、マスコミが嗅ぎつけたのだ。晶からは前日に聞かされていて、この日はなるべくテレビを見ないほうがいいと言われていた。

それでも美宇はテレビの電源を入れてしまった。渉流のことまで取り上げられてしまい気がかりだったからだ。

番組は、イケメンで有名なエフェクトの御曹司のお家騒動がパネルで紹介されていた。公人という扱いなのか、晶の写真や映像つきで。一方の美宇は、晶に肩を抱かれて車に乗り込んでいる写真を撮られていたが、顔は分からないように加工されていた。

『――という神手洗晶常務のフィアンセのAさんなんですが、実は、コンビニいたずら動画で炎上したあの高校生の、お姉さんだということなんですねえ』

タレント上がりの司会者が、渉流のいたずら動画――顔は特定されないように加工された――を流しながら紹介していた。

大学講師なるコメンテーターが訳知り顔で『コンビニが法的措置を見送ったことと関係があるんですかね』と疑問を呈す。

番組ではSNSの反応も調べていた。「Aさんは働き者で服装も控えめ。守ってあげたくなるタイプ」「御曹司はAさんを同窓会に迎えに来るほど夢中のようだ」

エフェクト関係者、という匿名のコメントも紹介した。『動画炎上の対応に会社の弁護士を使ったらしい。公私混同だと各所から声が上がっている』

渉流の事件を保科は、エフェクトの顧問弁護士としてではなく、友人である晶個人の依頼として引き受けた。こうしてあることないことを晒して視聴率を稼ぐのがワイドショーなのだと思い知る。

「お姉ちゃん、もうテレビ見るのやめなよ」

心配して部屋に駆けつけてくれた妹の明里が、美宇にココアの入ったマグカップを渡す。

「うん……でも……」

明里がリモコンでテレビを消そうとすると、番組のコメンテーターが『あっ、今ですね、新しい映像が入ってきましたのでご覧いただきましょう』と声を張り上げた。

画面に映し出されたのは、エフェクトホールディングスの入ったビルの前で、晶がマスコミに囲まれている様子だった。画面の端に「きょう午前十時ごろ」と表示されているので、一時間ほど前のことだ。

報道陣に囲まれた晶が、表情を変えることなく淡々と答えていた。

『エフェクトのお家騒動と騒がれていることについて今のお気持ちは』

『パーティーで神手洗常務の婚約者を巻き込んだトラブルが、法廷闘争にまで発展しそうだとか……』

晶はまっすぐリポーターを見つめた。

『私が惚れ込んで婚約を申し込んだ相手ですが、それ以上に何か説明が必要ですか?』

『エフェクトの跡継ぎにふさわしくないと社内では――』

ふう、と息を吐いて晶は口を開いた。

『もう一度言いますね、私が彼女を好きなだけですが、あなた方に何かご迷惑でもおかけしましたか？　民事訴訟は弁護士に問い合わせていただけますか。対応させますので』

しかしそれではマスコミも引き下がらない。

『では、コンビニいたずら動画で炎上した件はどうでしょう。フィアンセの弟さんという情報がありますが、コンビニ側は賠償を求めないと発表したのは、神手洗常務が手を回したんでしょうか』

晶は少し間をあけて『未成年のプライベートなことなのでお答えできません』と突っぱねる。それでは納得できないのか、まだマスコミが騒いでいると、晶の背後から少年が駆け寄ってきた。

『俺が説明します！』

ブレザー姿のすらりとした少年だった。顔はモザイクがかけられているが、美宇にはすぐ分かった。

渉流だ。

『わ……き、きみ、学校じゃないのか』

晶は面食らって、思わず名前を言いそうになり「きみ」と言い直す。

渉流に一斉にカメラが向けられた。

『きみ、いたずら動画の子だよねえ』

リポーターに問われて『はい、いたずら動画の犯人です！』と渉流は元気いっぱい肯定する。

『俺が話します、動画のこと』

そうして、渉流は説明した。姉の隠し撮りをネタに脅されて無理やり動画のように演じさせられたこと、それを周囲の大人が気づいて対応してくれていること、事情を知ったコンビニ側も訴訟を見送ってくれたこと、大人にＳＯＳを出せず理不尽な要求に従ってしまい後悔していること——などをカメラの前で打ち明けた。

『それでも俺がやったいたずらは取り消せません、いま弁護士さんと一緒に被害者の方を探して謝罪に行ってます』

渉流は報道陣に向かって頭を下げた。

『世間をお騒がせして本当にすみませんでした！　でも、でも……姉ちゃんはいじめないでください！　姉ちゃんは、俺たちを育てるために就職も夢も全部諦めて、仕事をかけ持ちしてきました。だから世界一幸せになってほしいんです、姉ちゃんを何よりも優先する晶さんとなら、きっと幸せになれるんです！　もう姉ちゃんをいじめないでください！』

ワイドショーの映像はスタジオに切り替わる。

『ははは……いじめているつもりはないんですけど、子どもさんにはそんなふうに映ってしまったみたいですね。しかしまさか動画の件が――』

番組司会を、コメンテーターの教育評論家が遮った。

『あの子は本来なら言わなくてもいいことを打ち明けたのよ。守られるべき存在なのに、取材からお姉さんを守るために。もうちょっと私たちが考えて行動すべきじゃないの？　そもそも――』

そこでテレビの画面が消えた。明里がそうしたのだ。美宇はそこで初めて、自分がぼろぼろと泣いていることに気づいた。

「渉流……！」

明里は慌てて渉流に連絡を取ると、昼休み中だったようで通話ができた。今学校でも大騒ぎになっているらしい。

取材騒動のあと晶に学校まで送ってもらったという渉流は、スピーカー越しに、静かにこう語った。

『また騒がせちゃってごめん。でも俺、晶さんと約束したんだ。姉ちゃんたちを守るためにお互い強くなろうって』

美宇は音声通話の相手には見えないのに、何度もうなずいた。

「うん……うん……渉流、堂々としてて、すっごく頼もしかったよ……！　ありがとう、守ってくれて……」

『晶さんみたいになるには時間がかかるけど、もう俺のことは心配しなくていいから』

落ち着いた大人の声だった。渉流にとって晶はすっかり〝目指すべき人物像〟になってしまったのかもしれない。

美宇は電話を切ったあと、感動とともに、どっと罪悪感に襲われた。

あんなに世間に「姉ちゃんを幸せに」と啖呵を切ってくれたのに、自分が家族をだましてしまっていることに、心が耐えきれなくなっていた。

勝手に涙がこぼれて止まらない。

心配そうにのぞき込む明里に、美宇は打ち明けた。

「あのね……明里、私ね……晶さんと契約してるの……」

晶のハウスキーパーだったときに妊活と結婚の契約を持ちかけられたこと、一度は断ったが渉流を助けたくて頼ってしまったこと、お互いに好意を抱いているのに契約がちらついて不安になること、妊娠できなかったら契約が打ち切られるのではないかと恐れていること——。

明里は絶句していた。

「嘘でしょ……でも晶さん、あんなにお姉ちゃん好き好きオーラ出しておいて……」

「そう、私も、そうなんだけど……始まりがいけなかったの。晶さんには素直に告白して、契約なんてない状態で、ちゃんと恋をやりなおし――」

　ぐらりと視界が一回転して、そのままソファに倒れ込んでしまった。自分を呼ぶ明里の声を遠くで聞きながら、美宇は意識を手放したのだった。


　医師によると、倒れたのはストレスと睡眠不足が原因だった。

　あのパーティーから、美宇は夜中によく目を覚ますようになっていた。そうなると朝まで寝られない日もあった。頻繁にトイレに行きたくなり、排尿時に痛みも覚える。それを言ってしまうと心配をかけると思い、美宇は黙っていた。

　晶は、なるべく美宇のそばにいることに努めた。当然のように妊活はお休み。夜に眠るときは、美宇を胸の中に抱いて寝た。まるで包み込むかのように。

　ふと、初めて晶と一晩過ごした日を思い出す。

「出会った日と反対ですね……」

　晶の腕に自分の手を添えながらつぶやく。晶もまどろみの中で「その節は大変申し訳……」と大人の謝罪が始まる。

「……でも実はちょっと、晶さんと会えて嬉しかったんです。いつも書き置き、字も美しくて、気配りがあって……どんな人かなって想像してて」

するとぎゅっと晶の腕に力が入り、強く抱きしめられた。

「想像してた人物と違った？」

目を閉じたまま、そのぬくもりに意識を預ける。

「違ったというか……」

言いよどんでいると、身体を少し離されて、何、とのぞき込まれた。それでも部屋は補助灯しかついていないので、あまり顔は見えないのだが。

「頼もしいと、かわいいが行ったり来たりする男だなって」

「……かわいいなんて初めて言われた」

「初めてを奪っちゃいましたね」

「責任取ってくれる？」

「ほら、かわいいこと言う」

くすくすと笑いを漏らしていると、晶が美宇の背中をぽんぽんと優しく叩いた。もう寝ないと、という合図だ。睡眠不足もあって倒れたのだから、夜更かししていては意味がない。

ぬくもりと晶の吐息で、美宇も夢の中へ誘い込まれる。

「晶さん……体調が回復したら……お話ししたいことが」

告白をしよう。美宇はそう決心していた。

契約を全部やめて、晶と〝恋愛結婚〟がしたい。そう願っていると。

「うん、回復したらゆっくり話そう」

額に晶の唇が触れる。おやすみのキスひとつで、美宇は心が穏やかになった。

生理が予定よりも遅れていることに気づいたのは、その数日後のこと。

（まさかね……そんな）

不安になりながらも、こっそり買った妊娠検査薬の説明書を開く。

生理予定日の一週間後から使用可と書かれていて、自分が使うには少し早いが気になって使わずにはいられなかった。

どきどきしながら結果を待つと、チェッカーの小窓に一本の紫色の線が浮かび上がる。

何度も説明書と見比べたが、やはり陽性反応だった。

（に……妊娠、しちゃった……！）

妊活をしていたので当然その可能性はあった。だが、こんなに簡単に妊活が成功するとは思ってもみなかった。

心臓がばくばくと大きな音を立てて跳ねる。

美宇は慌てて晶との契約書を取り出した。

「妊娠が分かったらどうするって……なんて書いてたっけ……」

契約書は最初に読んだきり、自分たちの関係が契約によるものだという事実から目をそらしたくてしまい込んでいた。

妊娠、出産の文字を追う。視界にこんな項目が飛び込んできた。

――出産の半年後から協議の上、離婚可能とする。

どくん、と嫌な心音がする。契約時にこの文字が目に入らなかったのは、彼との離婚も可能性としてはあるだろうと無意識に読み飛ばしていたからだった。振り返れば、契約解除の項目を作っておくと言われていた気がする。

（跡取りが生まれれば……離婚してもいいってこと……？）

美宇は下腹部に触れる。

妊娠が離婚と子どもを奪われるカウントダウンになる――あくまでも可能性だが、書かれている限り、その可能性はゼロではないと思うと血の気が引く。ずん……と脚が鉛のように重くなった。

突如鳴ったインターホンに対応すると、宅配業者名が響いた。

『お届け物です』

モニターには帽子を目深にかぶった女性の姿。コンシェルジュに預けてもらうように頼むが、貴重品のため手渡しで――と要請される。

美宇はエントランスを解錠し、慌てて玄関で対応する。

ドアを開いてすぐ乗り込んできたのは桐谷玲於奈だった。

「お久しぶりね」

「どうしてここに……」

玲於奈は休職中だと晶に聞いていた。叔父であり役員でもある桐谷とともに、晶と弁護士を通して協議中だとも。

「あなたが倒れたって聞いてね。どうせ神手洗常務の気を引くために、かよわいふりでもしてるんでしょうから顔を見に来てあげたのよ」

玲於奈は引きつった笑みで靴を脱ぎ、勝手にリビングにあがり込んだ。

「いい家ね、さすがペントハウス」

「やめてください、警察呼びますよ！」

「一言言わないと気が済まないのよ！　後から出てきて神手洗常務と結婚だなんて……私

が神手洗常務と結ばれて、叔父が彼を自分の派閥に取り込む計画だったのに！　しかもどうして私が休職に追い込まれないといけないわけ？」

玲於奈は美宇の胸を、思いきり突き飛ばす。

日ごろ全身を使って掃除しているため、それほどふらつくことはないが、ふと妊娠検査薬の結果がよぎり慎重になってしまう。

「そのことは弁護士さんにお任せしていると聞いています、私から言うことはありません」

「私にはあるの！　シンデレラにでもなったつもり？　最初から惨めな仕事や恰好で神手洗常務の気を引きたかったんでしょう？」

惨めな仕事や恰好のつもりはなかったが、彼女にはそう見えていたのか——。美宇はかっとなって、ついに大声で言い返した。

「惨めなふりじゃなくて、本当に惨めな人生なんです！　変な言いがかりつけないでください！」

自分で言っていて悲しくなる。美宇も負けじと玲於奈を突き飛ばし返した。

よろりと崩れた玲於奈はダイニングテーブルに手をつく。そこには出したままの、あの契約書が広がっていた。

「妊活……結婚……契約？　なに、これ……」

すかさずスマートフォンで書類の写真を撮った玲於奈を「やめて」と止めるが、頬を思いきりはたかれた。

「なにこれ、そういうコトだったの？　やだあ、衝撃の事実！」

書類をかき集めて抱き込んだが、もう遅かった。相手が宅配業者だからと不用心をした自分を呪った。

「こんなのばれたら、常務も終わりじゃない。うっそお、叔父さまが喜びそう」

美宇は脚が震えた。

（どうしよう、私だけじゃなくて、晶さんが……）

玲於奈はスマホを唇にトントンと当てて、こちらに視線を寄越す。

「この写真、流出させないであげてもいいけど、条件があります」

突然口調が丁寧語になった。優位に立てて気分がいいようだ。

玲於奈は美宇に、条件を提示した。

晶との婚約を破棄すること、そしてこの家から出て行くことを。

「そうしたら黙っててあげる。これだけマスコミの注目を集めているんだもの、この契約書が漏れると大炎上でしょうね。ごきょうだいも進学や就職が大変になるんじゃないの」

「そんな……」

美宇にとどめを刺したのは、晶への言及だった。

「神手洗常務も、これだけスキャンダルが続いてしまうと、もうエフェクトを継ぐのは無理でしょうね。かわいそうね、世襲が絶対ではない会社で、実力でのし上がってきたのに女がらみで目前で失脚するのは」

女がらみ、という言葉にとげを感じながらも、美宇は何も言い返せなかった。

「私を踏みにじって、あんたたちだけ幸せになるなんて許さない」

玲於奈がそう言い残して帰ると、ダイニングテーブルで美宇は契約書類とにらめっこをしていた。

晶をゴシップから守るためにはここを去らなければならない。

去らなかったとしても、授かった命が生まれた半年後以降は、子どもを晶のもとに残し離婚する可能性にずっと苛まれなければならない。

高校生のころ、ある日父親は家から突然姿を消した。母と離婚したのだとは聞いたが、以降、父の話題は家庭ではタブーとなった。

就職が内定してまもなく、母親は蒸発した。タイミングを見計らっていたのかもしれない。母親が蒸発する前日、ベランダでたばこを吸いながら「消えたいわあ」とつぶやいたことを思い出す。彼女の「消えたい」に、自分たち子どもは負けたのだと思った。

（晶さんは、今は私に好意を持ってくれている。でも、いらなくなったら？　また「いらない」をされちゃったら？）

誰かの愛にしがみついて生きる不確かさを、美宇は恐れていた。

離婚も子どもを奪われる可能性もあるなら、今のうちにこの契約を終わらせないと――。

そう決意して、美宇は書類をぎゅっと握りしめた。

晶が帰宅すると、美宇は「お話があります」と晶をダイニングテーブルに促した。

「もう身体は大丈夫？　ゆっくり話そうって言ってたよね。何？」

穏やかな表情で気遣ってくれる晶は、美宇の肩を大切そうに撫でた。そのぬくもりに、決心が揺らいでしまう自分を叱咤する。

美宇は妊活と結婚の契約書を、晶に差し出した。

「契約を……解除させてもらいたいと思います」

晶は一瞬固まったが、ふう、と息を吐いて口を開いた。

「……ごめん、理由を聞いても？」

「もう嫌になっちゃったんです、マスコミからも追いかけられて。弁護士さんへの依頼費用は必ずお返しします。これまでのお家賃も」

美宇は疲れたように笑ってみせた。こんな表情を見せたら晶が傷つくと知りながら。ごめんなさい、と心の中で謝りながら。

「――受け入れられない」

晶は契約書の一文を指さした。契約解除は双方協議の上、同意した時点で――と。

「俺が受け入れなければ解除はできない。契約は履行してもらわないと困る」

「契約の履行……」

「忘れてないだろ、妊活と出産だよ」

ずん、と身体が重くなった気がした。晶は自分を好いてくれていると、淡い――いやかなり期待を抱いていた。

（やっぱり、晶さんが本当に必要なのは跡取り――）

無意識に下腹部に手を置く。

マスコミの取材については収束しつつあるが、さらに早急に解決できるよう手を打つ、と晶は提案した。

「でも、でも――」

美宇はなんとか交渉しようとするが、テーブルに置いた手を晶にぎゅっと握られた。

「冷静になって明日また話し合おう、美宇」

こちらをまっすぐ見る瞳は、どことなく揺れているように見えた。

翌朝、晶が出勤するとすぐに、階下の弟妹のマンションに向かった。

すでに明里には打ち明けたが、渉流にも晶との契約についてすべて話した。

渉流は「自分のせいで」と震えていたが、美宇は首を横に振った。

「お姉ちゃんが選択を間違えたの……ごめんね、もう一度、一緒にやり直してくれる?」

そして美宇たちは少ない荷物をまとめてマンションから逃げ出したのだった。買ってもらった物はすべて部屋に残して。

三人でバスに乗ると、弟妹にはばれないようにおなかをそっと撫でた。

(好きな人の子どもを、家族で大切に育てていこう)

【妊活契約の終わりに】

「酒井さん、そういえば神手洗さん、もう事務所に来なくなったね」

フラワーメイドの事務所で社員にそう指摘され、美宇は頭を下げた。

「すみませんご迷惑をおかけしました。きっともう諦めてくれたんだと思います」

「いいよいいよ、例の写真のことで酒井さん辞めちゃうんじゃないかって不安だったから、これくらい全然」

例の写真とは、桐谷家に派遣された際に写真を撮られ、公の場で晒されたことだ。

そんな事態は初めてだったので、その後、顧客に対する写真の撮影や使用の禁止という項目が設けられた。

晶の家を出て一週間が経過した。妊娠検査薬で陽性が出たからといって、すぐ何か変わるわけでもなく、美宇は元いたアパートにもう一度入居させてもらった。

大家との交渉は明里がすべて担ってくれた。明里によると、長い付き合いがあったことと、幸運にも次の入居者が決まらなかったことで、すんなりと入居が許可されたという。

さらに運のいいことに、次の入居者のためなのか家財道具が揃っていたのだ。大家がここまで心の広い人だったとは思わず、美宇は感激していた。

晶は美宇のアパートにももちろん何度も訪ねてきたが、美宇は居留守を使った。ときには明里や渉流が代わりに対応し、アパートの外に連れ出してくれた。

この数日は訪ねるのを諦めてくれたようで、一切音沙汰がなくなった。スマートフォンへの着信やメッセージもない。

(諦めてくれたとほっとすべきことなのに……)

美宇はちくりと痛む胸のあたりを、ぎゅっと手で押さえた。

弟妹は自分の妊娠をまだ知らない。

妊娠検査薬の精度は九十九パーセントとも言われるが、まだ産婦人科を受診していないのだ。したくても、仕事を詰めて入れてしまったため休みがない。スマートフォンで近くの産婦人科を探し、十日後にようやく予約を入れることができた。

「それにしても、物入りだなあ」

妊娠出産、育児に必要なお金を計算していると、大きなため息をついてしまう。

明里は奨学金をもらっているが、渉流の進学はまだどうなるか分からないからだ。産後働けない期間のやりくりも考えなければならない。

幸い少しは蓄えがあるが、渉流の進学のことも考えると余裕のある暮らしはできない。それでも必死に働いて、ときには行政のサポートも受けながら、愛ある家庭で子どもを育てていきたいと考えていた。

自治体の助成金などをチェックしていると、呼び鈴が鳴った。

「ごめんください」

晶かと思ったが、上品な女性の声だった。

ドアを開けると、そこには上等なスーツを着た壮年の男女が立っていた。

「酒井……美宇さんですね？」

そう口を開いた男性を、美宇は知っていた。

正確に言えば、エフェクトホールディングスのウェブサイトで見たことがあった。

社長の神手洗秀一郎（しゅういちろう）だ。ということは隣は夫人か——。

「あ……あの……晶さんの……ご両親……ですか……」

美宇はうろたえた。海外から帰国したら紹介する、と言われていた彼らが、このボロアパートにやってきたのだから。一連のワイドショーやゴシップ記事を見て、晶との関係を問い質しに来たのかもしれない。

狭い家に上がってもらい、薄い座布団を出した。

お茶を出したが口に合うだろうかと不安に思っていると、晶の父――神手洗秀一郎が口を開いた。

「突然お訪ねして申し訳ない、帰国してすぐやってきたものだから」

微笑んだときの目尻が晶にそっくりで、胸がきゅうと苦しくなる。

「あの……私はどこから話せばいいのか……ちょっと混乱して」

神手洗夫人が、ふふ、と微笑んで「話さなくて大丈夫ですよ」と止めた。

そういえば晶が「ある程度は伝えてる」と言っていたのを思い出す。しかし、それがどの程度かによって、自分の説明は変わってくるのだが――。

「どこまで知っているのか、という顔ね。そうね、契約書の内容までは知っていますよ」

そこまで知っているとは思わなかった。てっきり親に極秘にしているものだとばかり思っていたからだ。

「契約履行できず逃げ出してしまいました、申し訳ありません……弟のトラブル解決などにかかったお金や家賃は、必ずお返ししますので」

美宇は畳に手をついて、深々と頭を下げた。

もしかすると、ご両親はお金についてはこだわらないかもしれない。だが、息子が妊活契約をしていた相手が自分のような〝ふさわしくない〟人間だと知って、ショックを受けている可能性は十分にある。

「晶が言い出したことだろうし、あんな無茶な契約に巻き込んで申し訳ない。妻が『孫の顔を見せろ』と時代遅れの要求で晶を追い詰めたばかりに……」

「だって、そう言えば晶が結婚に前向きになってくれると思ったんだもの」

口をとがらせる夫人を諫め、神手洗社長が続ける。

「しかし晶も、そんなことを理由にどうでもいい女性と関係を結ばないでしょう。テレビ会議していると日に日に表情が穏やかになっていくので、素晴らしい人と出会ったのだと確信していましたよ」

美宇は目の奥がじわりと熱くなった。

「でも、私、ハウスキーパーの派遣の仕事をしてて」

「知ってますよ」

「清掃会社に勤めてたときはトイレ掃除とかも」

「だからってあなたの尊厳が失われるの？」

あのパーティーにいた役員たちとは、真逆の反応だった。

晶の父はこう説明する。

「一連の報道を見て、海外視察を切り上げて帰ってきたんです。晶も今役員の間でやり玉に挙がっているしね」

それを聞いて美宇はどきりとした。自分のせいでやはり彼の立場を危うくしているのか——と。

「それについては、ちょっと今から見てほしいものがあるの」

神手洗夫人はスマートフォンでメッセージを送ると、秘書らしき男性がノートパソコンを持ってやってきた。

「緊急執行役員会のリモート中継よ。こちらは社長として出席しているけど、カメラもマイクもオフにしているので大丈夫よ」

画面の中では、十数人が円卓を囲み、激しく議論しているところだった。

発言中の役員のせりふを聞くと、議題は、晶と婚約者の一件が世間を騒がせていることだった。株価は乱高下、応援やお叱りなどのメールが殺到していることが取り上げられた。

『どうしてくれるんですか、エフェクトの御曹司ともなれば何をしようとマスコミの恰好の餌食ですよ』

役員の一人が声を荒らげるが、晶はテーブルの上で手を組んで、静かに一人を見つめた。

『そのきっかけをお作りになった桐谷さん、どうお考えですか』

『私は場を盛り上げようとしただけで、常務の婚約者が真に受けただけじゃないですか』

大きくため息をついた晶が、低い声で役員たちに尋ねた。

『あれが弊社の忘年会などで起きた場合、ハラスメント事案にならないと言えますか』

それぞれが顔を見合わせて、首を横に振る。ほぼ全員がハラスメントに相当するだろうと答えを出した。桐谷とその腹心らしき役員だけが反論した。

『外部の人間だろう！』

『では、桐谷さんの奥方も外部の方ですね？　奥方が四つん這いになって風呂掃除をしている写真を、パーティーで公開して笑われても、そう言えますか？』

桐谷はぐっと言葉に詰まった。

『一連の騒動でマスコミが騒ぎ出したのは、私の生まれによるものが大きいので、その件については謝罪します。しかし、そのきっかけを作った者には法的責任を取っていただきます。またもう一点の問題は、外部に漏らした者がここにいるということです』

晶がプロジェクターを操作した。

『これについては、調べはついています』

画面に表示されたのは、喫茶店でテレビ局の人間と書類をやりとりしていた男の姿だった。桐谷の腹心である役員だ。

会議を眺めながら、神手洗夫人が美宇に解説する。

「この桐谷って人は自分が社長になりたいから、晶が目障りなの。自分の一派に取り込むか、そうでなければ失脚を狙ってるから、いつも粗探しをするの」

社長は「こいつ日本有数の粗探し職人だから出世できたんだよ」と付け加える。

さらに社長は、別に晶が社長にならなくてもいいけど、とぽつりと漏らした。実力と器がある人間がなればいい、とも。晶も似たようなことを言っていた。エフェクトは世襲できるような規模を超えているのだ、と。だからこそ実力でのし上がる必要があるのだと晶は語っていた。

そのために頑張ってきた晶の足を引っ張ってしまったと思うと胸が苦しくなる。

気づけばノートパソコンのスピーカーから怒号が聞こえた。

『これで私を糾弾したつもりか！　こちらにも情報があるぞ』

部屋に入ってきたのは桐谷玲於奈だった。

どくん……と心臓が嫌な音を立てた。

（まさか……黙っていてくれるという約束で……あの家を出たのに）

玲於奈はデータをプロジェクターに投影した。

『神手洗常務と例の彼女、契約上の婚約だったんです』

鬼の首を取ったように、玲於奈は声を張り上げた。役員の桐谷がにやりと笑った。

『これが世に出たら終わりでしょうな、神手洗常務』

役員室がざわざわと騒がしくなった。

「これ、これ、私が彼女に撮られちゃったんです！」

美宇が晶の両親に訴えるが、両親は「それは晶もすでに承知だよ」と笑っている。

「私が言うのもなんですが、助けなくていいんですか、晶さんのこと……」

「これくらいで失脚するようなら、うちのトップになるなんて無理だよ」

社長はそう言って、腕を組んで画面を見守る。

晶は立ち上がった。

『その契約については、すでに先方が解除を申し出ました』

『えっ……！　では婚約破棄に？』

晶はにたりと笑って、新しい契約書を役員に見せた。

『一生幸せにする永年契約に変更する予定です。先方は自分のせいで私に迷惑をかけていると思っているので、これから説得しなければならないけれど――』

自信たっぷりに肩をすくめて、こう言った。

『私はこれまでに契約を取りこぼしたことがありませんので』

遠隔で見守っていた神手洗夫人がきゃっきゃと笑っている。

「やだこの子、一度は逃げられたくせに偉そうに！」

しかし、なぜか嬉しそうだった。

涙のせいで、美宇は画面がぼやけて見えなくなっていた。美宇はぼたぼたと落ちる涙を、神手洗夫人に拭ってもらう。

一生幸せにする、永年契約――。

自分は晶の何を見ていたのだ、と自分を責めた。愛も契約も、永遠に続くものではないと心のどこかで怖がっていて、晶を信じることができなかった。

（でも、晶さんが自分に見せてくれた真心は、全部本物だったのに――）

優しさ、頼もしさ、誠実な言動も、自分にだけ見せる強引でわがままで、かわいいところも――愛さずにはいられなかったのに。

神手洗夫人は美宇の頬をつんつんと突いて、お茶目にこう言った。

「じゃあ、乗り込んじゃおっか」

「……はい！」

答えた美宇は、自分が泣き笑いをしていることにようやく気づいたのだった。

役員会議室に神手洗社長がノックもせずに入る。

「渦中のマドンナを連れてきたよ」

神手洗夫人に肩を抱かれて、美宇も後ろから続いた。

家にいたので、さえないニットとデニムパンツ姿で。足下は履き古したスニーカーだ。

それでも、恰好はどうでもよかった。

「美宇――」

さっきまで自信たっぷりだった晶は、美宇を見るなり手元の資料をバサバサと取り落とし、硬直していた。

離れていたのはわずか十日程度だというのに、美宇は感極まって泣いてしまう。脚の震えが止まらない。十数人の、四十代以上であろう役員たちの威圧するような視線でめまいがしそうだ。こんな圧迫感の中で晶がやり玉に挙がっていたと思うと胃がきゅうと痛む。

それでも美宇は、逃げてはならないと前を向いた。

「晶さん」

「美宇……どうしてここに、いや、どうして社長たちと」

この会議を見せてもらって、連れてきてもらったと明かす。そして声を振り絞った。

「私……します、契約」

「えっ、嘘だろ！　まさか……」

悲鳴に近い声で叫ぶ晶を見て、役員たちがざわざわと顔を見合わせる。あんなにうろたえた常務の顔初めて見た、と。

「サインします。晶さんと、一生幸せになる永年契約！」

美宇はそう叫ぶと、晶に駆け寄って抱きついた。

「き、聞かれてたのかあ〜」

先ほどまでのりりしい晶はどこへやら。家でゲームしているときの、へにゃへにゃした晶の声だった。それでも、広い胸でしっかりと美宇を抱きとめてくれた。

「逃げ出してごめんなさい……いらないって言われるのが怖くなって……晶さんのことを信じきれずに……契約書も見られちゃって」

晶は「分かってる」と美宇の背をぽんぽんと叩いた。

「防犯カメラに映った桐谷さんと、彼女が眺めていたスマートフォンの画像から、美宇が契約書のことで脅されていたことは分かってたから」

その言葉に、再び役員室はざわめく。

「私は脅してなんか……！」

桐谷玲於奈が声を荒らげる。言い争いに発展しそうな場面で、神手洗社長が手を叩いた。

「みなさん、息子がお騒がせして申し訳ない。次期社長と言われているとはいえ、世襲なんて馬鹿らしいですからね。私は実力のある人間に譲りたいと思っていますよ。ただ今は、その有力な人材がたまたま息子だというだけで、他のみなさんにも十分可能性はある」

社長は役員会議室の上座に座って、脚を組み、役員に「社訓を言えるか」と問うた。

「〝人の羽ばたきを支える〟というのがエフェクトホールディングスの社訓です。外部を巻き込んで傷つけて、出世レースの足を引っ張るのは、社訓とは逆を向いていやしませんかね？　この会社のトップにふさわしいとは私は思えません」

それとは別に、桐谷役員と秘書桐谷玲於奈については、法廷でしっかりと決着をつけてほしいと要請した。

「転職を支える企業が、人の職業を笑いものにするなんて法廷で明らかになったら、笑われるのは弊社ですけどね。仕方ありませんね、桐谷役員」

そう冷たく言い放つと、桐谷は脱力して椅子にへたり込み、玲於奈はぎゅっと拳を握ってうつむいた。

そんなドラマのワンシーンのような雰囲気をぶち壊したのは、晶の一言だった。

「それでは私は〝妻〟が迎えに来てくれたので帰ります」

妻、を強調して、にこにこして美宇の肩を抱く。

役員たちが脱力したように、肘をついたり肩をすくめたりしていた。

無責任なようにも見えるが、晶の母親が「そう言いつつ、晶はちゃんと後始末はできるから大丈夫よ」と教えてくれる。

ビルの前で晶の車に乗り込む直前、神手洗夫人がクリップでまとめた紙の束を美宇に差し出した。

「これを渡さなきゃと思ってたのよ。晶の机に入っていた、秘密の手紙」

手書きのメモの束のようだ。

受け取るのと同時に、晶が「あ！」と大声を出す。なくしたと思って必死で探していたのに、と。

めくると、見覚えのある文字が並んでいる。

『神手洗さま　お帰りなさいませ。本日は雨が降っておりましたので大きいお洗濯物は明日させていただきます。冷蔵庫の作り置きのうち――』

『神手洗さま　お帰りなさいませ。昨日はシンガポールのお土産をいただきましてありがとうございました。家族で美味しくいただきました。本日のお掃除は――』

見覚えがあるどころか、自分が書いたメモだった。

まだ晶と顔を合わせたことがなかったころにしていた書き置きだ。

「晶がこのメモを大切に持ち歩いていて、読み返してはニコニコしているものだから、メモを書いた人物が晶の思い人じゃないかって秘書さんたちの間で話題になっていたの。おそらくあなたたちが契約する前ね」

美宇が振り返ると、晶が耳まで真っ赤にして口元を手で塞いでいた。恥ずかしくて発狂しそうだ、と小声で漏らしている。

過労でふらついていた晶がそのメモの束を落としてしまい、神手洗夫人と付き合いの長い秘書室長が拾って保管。海外にいた夫人にこっそり「ロマンスの兆しあり」と報告していたのだという。

晶が「やっぱりなくしたのはあの日だったか」と頭を抱える。あの日とは、と美宇が尋ねると、晶は恥ずかしそうに小声で教えてくれた。

「俺が玄関で倒れて、朝まで美宇と過ごした日だよ」

神手洗夫人が美宇の頬に、つん、と指先で優しく触れた。

「あなたと晶の契約の始まりは、ただのビジネスじゃなかったってことよ」

あとは本人から聞いてね、とささやいて後部座席のドアが閉まる。

発進した車の後部座席で、晶が「ストーカーって言わないで」とばつの悪そうな顔をしていた。

「言いませんよ」

美宇は書き置きを眺めながら、実は自分も晶の書き置きに人柄を感じていたと告げる。

「最初は字や言葉遣いがきれいだなって思ったんだ」

晶は美宇の書き置きの束を受け取って、文字を指でなぞった。

情報に過不足なく、気遣いがあった、と。お土産を渡したらどんな書き置きがもらえるだろう、などと出張先でふと思い浮かぶようになったという。

「インターホンの録画なんか普段気にしなかったんだけど、ある日、お菓子を妹と弟と食べたってメモをもらって、どんな人か気になってしまって、録画を見たんだ」

そこから、美宇のことを忘れられなくなったのだという。

「初めて対面したあの日も、本当は偶然を装って会おうと思っていたのに、連日の激務が祟って玄関で倒れてしまったんだ」

親が孫の顔を見せなければ勝手に結婚相手を決めると脅してきたことも、焦りにつながったと明かす。

「でも、あの、ふわもちへの反応は……」

「それは本当に想定外で――いえ、素晴らしい未知との遭遇で」

晶は運転手を気にして美宇に耳打ちした。

「ただ、男として久しぶりに反応したのは、相手が美宇だったからだと思うよ」

契約に始まって契約に終わる、という関係では最初からなかったのだ——と。

それでもただ出会っただけでは、きっとここまで晶と急接近することもなかったと美宇は思う。

「まさかあの書き置きのやりとりが、ここまで発展するなんて」

美宇はくすくすと肩を揺らした。

晶の視線に気づいて顔を上げると、しばらく無言のまま視線を絡め合わせた。

磁石が引き寄せられるように顔が近づいて、唇を重ねる。

ちゅ、と音を立てて離れた際に晶が言った。

「愛してるよ、美宇」

その言葉を、美宇はもう疑うことはない。

「私も……大好きです」

美宇はもう一度目を閉じた。額、まぶた、鼻先、頬、唇——。いたるところに晶のキスが降る。

「もう妊活契約は終わり、妊娠しようがするまいが、俺の奥さんになってもらわなければならないから、あの契約はそもそもいつか改訂するつもりだったんだ」

美宇は「あっ」と声を上げた。

「まだ病院に行ってないので分からないいんですが」

そう前置きして、妊娠検査薬に陽性反応が出たことを報告する。

「なんだって？　病院に行こう、すぐに行こう」

そのまま産婦人科に連れて行かれた。晶は冷静を装っているが、顔がにやけていた。

そこで出た結果は——。

「妊娠、してないね」

診察室で聞かされた、白髪の医師の言葉に「えっ？」という反応をしたのは美宇ではなく、晶だった。医師は説明を続ける。

「すごく珍しいことだけど偽陽性が出たんだね。ストレスと不眠から膀胱炎になったんだと思うよ。生理が来ていないのもストレスのせいだろうね」

晶が手にしていた妊婦向け雑誌〝ぴよたまサロン〟を取り落とす。

産科医によると、妊娠検査薬の精度はかなり高いが、まれに膀胱炎患者やホルモン治療患者などの尿に反応してしまうことがあるという。

パーティーの一件以来、ストレスで不眠になっていた美宇は、頻尿と排尿痛に悩まされていた。これも妊娠の予兆なのかと勘違いしていたが、れっきとした膀胱炎の症状だったのだ。

「俺といるときからそんな症状あったの？　どうして言ってくれないんだ」

　産科医がフォローしてくれる。

「睡眠不足やストレスで免疫が落ちると膀胱炎になっちゃうけど、意外と患者さんは気づかないんだよね。お薬飲めば数日で治りますからね」

　顔が熱くなって、美宇は顔を上げられなくなっていた。

（妊娠だなんて勘違いして……膀胱炎だったなんて……！）

　帰宅する車の中で、晶に謝罪する。

「謝る必要ないだろう、きちんと薬をもらえてよかった。このまま放置したすえに悪化してたかもしれないと思うと……」

「赤ちゃん、がっかりしませんでした……？」

「それはしたよ。でもいい予行練習になったね。次に妊娠が発覚したときは落ち着いて静かに喜んでみせるよ、大人の男として」

　晶はそう言って美宇の頭に自分の頭をコツンとぶつけた。

「赤ちゃんができたらあんなに晶さんが喜んでくれるって分かったので、楽しみになりました」

晶は美宇をさらに抱き寄せ、頭頂部にチュッと音を立ててキスをした。

「俺も……早く治してくれないと獣になってしまいそうだ」

膀胱炎の症状が治まるまで夜の営みを禁じられた晶は、そう言って美宇の頬を指の腹で撫でた。合わせて二の腕もしっかりもちもちするのだった。


マンションに帰宅すると、なぜか明里と渉流が待っていた。

晶から連絡を受けて駆けつけたのだそうだ。

実は二人は、晶と緊密に連絡を取っていた。

舞い戻ったあのボロアパートも、実は晶が美宇たちの退去後も家賃を払い続けてくれていたのだという。「思い出が詰まっている場所だろうから」と。大家が揃えていたと思っていた家財も、すべて晶の仕業だった。明里と渉流に、一人になりたいときに使っていいと鍵を渡していたそうなのだ。

アパートの大家との交渉を明里が担当した、というのは嘘だったのだ。もともと自分たちの部屋なのだから。

晶のもとには、毎日美宇の様子を写真や動画付きで報告する〝美宇日報〟なるものが届いていた。晶が自分に会いに来なくなったのも、明里たちから「これ以上追うとお姉ちゃんはもっとかたくなになる」とアドバイスを受けたからだ。きょうだいが折を見て、美宇と晶を会わせる算段も進めていたというのだから驚きだ。

「だってお姉ちゃん、晶義兄さんのこと超好きじゃん。幸せになってほしいもの」

明里の指摘にどきりとする。晶は「晶義兄さんのこと超好き」のくだりに喜んで、何度もうなずいた。

「晶義兄さんと離れたくないくせに、自分一人で全部背負った顔してさ。もうあたしたち、お姉ちゃんにそういう顔させたくないのよ」

そう言われると、なぜか肩の荷が下りて軽くなった気がした。

渉流が「俺たち完璧じゃないけど、もう子どもでもないんだ」と美宇に訴える。

「晶義兄さんっていう頼もしい味方もいるし、俺たちだってもう支えられるよ」

もうずっと涙腺が緩みっぱなしで、また号泣してしまう。美宇は明里と渉流に抱きついた。気づけば二人とも、自分よりも身長が高くなっていた。

二人の手が背中に回され、トントン……と安心させるように優しく叩く。

自分が育てなきゃ、自分が守らなきゃ、と言い聞かせて張り詰めていた糸が、ふっと緩み、暖かな日だまりにいる気分になった。

ふわりと背中がもっと温かいものに包まれる。晶が背後から長い腕を回し、美宇たちきょうだいを抱きしめたのだ。

「一人っ子の俺もついでに交ぜてくれ、いい兄になるから」

明里が「おにいさま、あたし欲しいバッグがあるんだけど」とわざとらしく向けると、晶がきょとんとした顔で問うた。

「なぜあやしげなパパに頼むかのような言い方を……？」

一瞬しん……となって、みんなで一斉に笑ったのだった。


テラスに干したシーツが乾いたのを確認して、美宇はせっせと取り込む。

アパートを引き払い、晶との同棲が再開して一週間が経過した。美宇の体調は回復し、来週から再びハウスキーパーの仕事に戻ろうとしているところだ。

桐谷役員と姪の桐谷玲於奈は退職を余儀なくされた。晶はそれだけでは済まさぬと弁護士を通じて慰謝料を請求。先方は全面的に非を認め、法廷闘争に発展するまでもなく慰謝料の支払いに応じたのだった。ほとんどを晶が行ったとはいえ、請求は美宇名義であるため、慰謝料はすべて美宇の口座に支払われた。桁違いの残高になってしまったことに驚いたが、これで晶に頼らず渉流の進学費用が支払えると少しほっとしたのだった。

その渉流はというと、ワイドショーで晶との一幕が放送されて以降、世論が一気に渉流を擁護するようになった。渉流への恐喝などで書類送検された元キャプテンの若田は、「退学にはしないでほしい」という渉流たっての願いで、今は休学扱いになっている。

（本当にいろんなことが起きたなあ……）

そう振り返りながら、美宇はポケットのメモに触れて、そわそわしていた。

目が覚めると晶はすでに出勤していて、ダイニングテーブルに書き置きがあったのだ。

『おはよう。今日は早めに帰宅できるよう早朝出勤します。それではいってきます』

昨夜眠りにつくときに、晶が美宇を背後から抱きしめて、こう約束を取りつけたのだ。

「明日は……抱いていい？」

美宇は何度もうなずいた。自分だってずっと晶とそうしたかった。離れてから一度も触れ合っていない二人は、もう一つになりたくて仕方がなかったのだ。

風呂の準備を終え、夕飯の支度をしていると、玄関の電子錠が開く音がした。

「おかえりなさい」

美宇がぱたぱたと小走りで出迎えると、晶が「ただいま」と爽やかに笑った。

「夕方に帰宅するのなんて、美宇と出会った日以来だな」

今日は倒れないから、と冗談めかして美宇に花束を渡した。コスモスとかすみ草がたっぷり使われた、愛らしいブーケだ。

「わあ……かわいい！　どうしたんですか？」

「その『わあ』が聞きたくて、買ってしまいました」

恥ずかしくなると思わず敬語になる晶が、美宇にはかわいらしく思えた。

「じゃあご飯すぐに――」

そうキッチンに戻ろうと背を向けた美宇を、晶が手を引いて止めた。

「ご飯……あとじゃだめ？」

高鳴る鼓動が音でばれてしまうのでは、と不安になるくらい、美宇は緊張した。

「今からですか……？」

「うん」

「でも今日ハンバーグ……」

肌がちくちくする。彼に背を向けているのに晶の視線が分かるのだ。

「あとで食べよう、俺は一秒でもはやく美宇とくっつきたい」

そう言うと、美宇のエプロンの腰紐(こしひも)をするっと解いた。

「じゃあせめてお風呂……」

「そうだね、一緒に」

　何が、そうだね、なのだという抗議はどこへやら、美宇はそのまま晶に横抱きにされてバスルームに連行される。

　脱衣所で美宇を下ろした晶は、少しかがんで美宇にキスをしながらスーツのジャケットを脱いだ。美宇もそれを甘受しながら、晶のネクタイを外す。

「ん……っ、あきらさ……っ」

　今までの我慢をすべて清算するような、激しいキスだった。

　晶は上半身をあらわにすると、今度は美宇の服を脱がせる。エプロン、薄手のニット、レースとサテンのキャミソール……。二の腕の感触をふにふにと楽しみながら、背中のブラジャーのホックに手が伸びる。

　ぱちっと外れ肩紐が落ちると、美宇の胸があらわになった。腰をぐいと引き寄せられると身体を密着させて、また唇をむさぼられた。

「んんっ、ふ、あ……っ」

　マキシ丈のスカートが床に落ちる。大きな手が、ショーツの上から美宇の丸くて柔らかな臀部を撫でた。

「あ、あき、あきらさ……っ」

「美宇……もう契約はなくなったけど……妊活していい？」

お互い一糸まとわぬ姿で抱き合った。

「……もちろんです。晶さんとの赤ちゃん、欲しいな」

美宇はそう答えると、晶の首に腕を回し、自分からキスをした。

晶はキスをしたまま美宇を横抱きにし、一緒に広い浴槽に入る。彼に背中を預ける形で湯船につかると、首筋を吸われながら、身体には大きな手が這った。

「あ……」

湯船で少し浮いた乳房を、晶がふにふにと揉みしだく。先端の果実を指先で転がしたり、つまんで優しく揉み潰したりするせいで、美宇は声を我慢できなくなっていく。

まとめ損ねた長い髪が、水面でゆらゆらと漂う。

うなじ、首筋、肩……と晶の唇と舌が這う。荒い息を肌で感じると、湯船で温まっているはずの身体がぞくぞくした。

「美宇……」

低い声が鼓膜をくすぐる。晶の手が太ももを這い、秘部の割れ目をそっとなぞる。

「っ……」

その指が花弁を優しく分けて、むき出しになった敏感な花芽を指の腹で擦る。美宇の身体がびくっと反応して期待を膨らませた。

晶の舌は耳朶を舐り、手は胸と秘部を愛でる。臀部ではすでに猛った晶のものが脈打っていて、美宇は与えられている刺激と、これから始まる長い夜への期待で、ひどく興奮していた。

晶は、身体を洗うと言い立ち上がって美宇に壁に手をつかせると、屈んで後ろから美宇の太ももにボディーソープを垂らした。スパイシーな柑橘の香りが立ち上る。泡を立てながら脚を洗っていく晶は、外側には手を滑らせながら、内ももには口を寄せ、肌を食んだり強く吸い上げたりした。その舌がどんどん上に移動して、美宇の秘部に到達する。

「は……っ、あああっ」

水音を立てて蜜壺を舐られると、恥ずかしさと快楽で思考が飛んでしまいそうだった。

「あ、晶さん……こ、こんな恰好で……はずかし……っ」

舌先で充血した肉芽を転がされると、美宇はかくかくと脚を震わせて、壁に体重を預けた。

「すごい濡れてる……嬉しいな……」

興奮しやすくて濡れやすい自分が恥ずかしい。そう打ち明けると晶は「俺の愛撫に感じてる証拠だから、やはりいいことだよ」と、また舌を這わせた。

太もものの手触りをボディーソープで楽しみながら、美宇の秘部を舌で暴いていく。舌が中へ中へと侵入すると、身体が余計に反応してびくびくと震えた。

晶は美宇の秘部を解放して、美宇の身体をくまなく手で洗う。

「今度は美宇がしてくれる番」

嬉しそうに美宇にボディーソープを渡すところが、やはり一人っ子だなと美宇は思う。

「私は……晶さんみたいにえっちに洗いませんからね……っ」

美宇はそう宣言しつつ、晶のたくましい身体に泡を伸ばしていく。

（あ……ごつごつしてる……）

浮かび上がる腹筋、腹直筋、広背筋……どこに手を滑らせても晶のたくましさを実感する。顔は穏やかな美形なのに、スーツの下にはこんな肉体を隠しているのだから、やはり晶は存在自体がいやらしい、と美宇はうらめしげに思うのだった。

問題はそそり立った中心部だ。手を伸ばすと突然阻まれた。

「自分で洗うから」

人の秘部は舌で舐っておいて何を今さら、と美宇は視線で抗議するが、晶が耳元でささやいた。

「もう暴発しそうなんだ。今日は全部……美宇の中で出したい」

タオルを巻かれた美宇は、再びお姫様のように横抱きされてベッドに移動する。晶はすかさず獣のように美宇をむさぼった。

胸を吸い上げながら秘部に手を添え、太ももに己の欲望を擦りつける。

「あ……っ、っや、ああ……っ」

美宇、美宇、と熱に浮かされたように、晶は名前を呼んだ。硬くしこる乳頭を舌と上顎で吸い上げたり、甘がみしたり――。そのたびに甘い痺れが巡って、愛蜜となってあふれた。

晶の指が美宇の中を探る。二週間以上していなかったため不安だったが、お風呂でたくさん感じたせいか、すんなりと晶の指を受け入れた。くちゅくちゅと音を立てて、中がかき混ぜられると、美宇の腰が勝手に浮き始める。

「あっ……あああ、だめ、だめ……おく……っ」

長い指が美宇の感じる部分に到達し、そこがいいのだとばれてしまうと、執拗に責められた。その間もキスはずっと続いていて、口の中が溶けてしまいそうだ。

先ほどまでいかに晶に手加減してもらっていたのかを実感する。

指で舌で、何度も絶頂を見せられた美宇は、晶の首に腕を回した。

「もう……晶さん、はやく欲し——」

そう言いかけて、ふと口をつぐんだ。

（欲しいのは、何？）

性的な快楽を求めているのも嘘ではない。けれどそれが本質ではないと今なら分かる。

守られて、包まれて、温められて——。

晶との生活で与えられた、胸の奥底からくすくすとこみ上げるぬくもりが、人としての営みを求めている自分に気づかせてくれる。

弟妹とともに晶に抱きしめられた日のことを、美宇は思い出す。胸が切なくなるほど大切で、羽ばたいてほしくて、でもそばにいてほしくて、守ってあげたくて、でも抱きしめて「好きだよ」と言ってほしくて。

欲しいものを自問して、浮かんだ答えは「家族」だった。

（そうか、私——そうなんだ）

自分に覆い被さる晶を見つめて、美宇はいつのまにか泣いていた。

「……美宇？」

荒い息づかいの晶が、心配してくれたのだろう、鼻先を美宇に擦りつける。

わがままかな、言っても引かれないかな、重すぎるかな。そんな不安を、晶の熱いまなざしがかき消してくれる。

「私……晶さんの、家族になりたい……」

そう言って晶の鼻先にキスをした。

「家族に……してくれますか……？」

晶の両頬に手を添えて、もう一度キスをする。

晶は美宇の唇を食むと、くしゃっと表情を崩してこう言った。

「それは俺がお願いしたいことだよ」

晶の笑みは、ユリの花のようだなと美宇は思った。

「最初は妊活で身体をつなげたし、子どもはできれば授かりたいけど、そうでなくたっていいんだ。美宇とずっと一緒にいたい……俺と結婚してくれ」

嬉しくて嬉しくて、キスが止まらない。

美宇は晶にしがみついて、何度もキスをねだった。晶は一旦唇を離して尋ねる。

「これはイエスのキスでいいの？」

「そうです、特大のイエスです……！」

たくましい腕が巻きついてきて、美宇をぎゅうぎゅうに抱きしめてくれる。それなのに、美宇はもっと密着したくて、脚を彼の太ももに絡めた。自然と晶の先端が美宇の蜜壺に触れる。

「ゴム……つけてないけど」

晶が耐えるような表情を浮かべるので、美宇はまた愛しくなってキスをした。

「できれば授かりたい……でしょ?」

妊活だけが目的ではない。男と女として快楽を高め合うだけが動機ではない。二人が家族になる自然な営みとしてのセックスだ——と美宇は思った。

「ん……ゆっくり、するから」

晶はそうささやきながら、美宇の中に雄を沈めていく。久しぶりの圧迫感に美宇は喘いだ。

「すごい……美宇の中……狭いのにとろとろだ……」

「も……っ、そんな言い方……やあ……っ」

身体の内部の感触まで表現されるなんて恥ずかしくて仕方がない。同じ気分を味わわせてやろうと、美宇は言い返した。

「あ……晶さんのは……熱くて、ごつごつしてますよ……んぁっ!」

言い終える前に、晶がピストンを始める。

「そんな言い方は別の意味で……だめだ……っ、我慢してるのに……っ、煽って」

ずっ、ずっ……と音を立てて晶の硬いものが出入りすると、美宇の内部から快楽の信号が全身にチカチカと送られる。がっちりとホールドされて身体を揺さぶられていると、身体の芯から彼のものになれた気がして、余計に興奮した。

「ああっ、晶さん……っ、や……ああっ、ん」

律動は止まらない。それどころか徐々に激しさを増して、肉のぶつかる音がする。美宇の潤いも手伝っていやらしい水音まで交じり、ふわもちくんが転がる部屋に淫靡な多重奏が響いた。

「なんだこれ……初めてじゃないのに……めまいがするほど……すごくいい……っ」

晶が紅潮した顔に動転した表情を浮かべて、腰を打ちつけ続ける。美宇もまったく同感だったが、よすぎて言葉にならない。

「あ……晶さ……んっ……あ、あ、あ」

ネジが壊れた人形のように喘ぐことしかできなくなっている。

晶は身体を離して、美宇の片脚を担ぐ。大きく脚を開く形になって、さらに彼の雄が奥へ奥へと侵入する。熱を帯びた先端が行き止まりのような部分を、トントンとノックするようについてくる。

「えっ……？　あっ……あああああっ」

美宇の反応を見て、晶がうっとりとした表情で腰を揺らす。

「分かる？　ここ……入り口だね」

「い……入り……？　んっ……奥じゃ……」

分からないまま喘いでいると、晶が顔を寄せてささやいた。

「子宮の」

低い声と吐息に、身体が一気に火照る。

トントン、とリズミカルに刺激されると、体内に電流が走ったような快楽に襲われた。

脚を担いでいないほうの晶の左手が、雄が出入りしているそばで、その律動に合わせて美宇の肉芽をくりくりと刺激する。

「あーーーっ、だめ、ひ、あ、ああっ」

子宮の入り口への刺激と、神経が集まった器官への愛撫で、美宇は背を弓のように反らせて快楽に悶えた。汗ばんだ肌がびりびりと痺れ、甘くわなないてしまうほどの悦さが脳幹を犯していく。

「だめじゃないだろう？　気持ちいい？」

恍惚（こうこつ）とした表情のまま腰を揺らす晶は、美宇のよがる姿にさらに興奮したようで、中に沈めた雄をさらに膨張させる。

「ああっ……き、気持ち……気持ちいいです……っ、あきらさん、あきらさん……っ」

「すごい……かわいすぎて視覚だけでイキそう」

汗で額に張りついた黒髪を、晶が鬱陶しそうにかき上げる。そんな仕草からもフェロモンが漂うのだから、恐ろしい婚約者だと思う。

そのまま美宇の手を引いて身体を起こすと、晶がベッドに背をつけた。晶にまたがる体勢のまま、腰が沈み、ずん……っと肉棒が美宇の中を占拠した。

「ふああああっ」

自分のお尻の下にある晶の腰が、ゴツゴツと突き上げてくる。そのたびに美宇は身体を揺さぶられるが、両手首は晶につかまっているので快楽の逃しようがなく、そのまま頭頂部まで快楽が伝播（でんぱ）しているような錯覚に陥る。

「あ……すごい、騎乗位ですると、美宇がすごくよく見える……」

「み……みないで……っ、あ、あああっ」

「見るよ、全部。泣き顔もかわいい。揺れる胸もきれいだよ。もちろん、この太ももも二の腕も……全部愛しい」

美宇の手首が解放されたと思ったら、今度は胸を激しく揉みしだかれた。

下から突き上げるピストンと、乳房や乳頭に与えられる甘い刺激を享受していると、胸から離れた片方の手は再び秘部に伸びる。そのじんじんと熟れた花芽を、親指がくるくると円を描くように扱いた。

「や、あ、あああああっ、う、うそ、だ、だめ……っ、きちゃう……っ」

オーガズムの到来を予兆するように美宇の中がぎゅうっと晶の昂ぶりを締めつける。晶も苦しげに呻くと、美宇を強く抱き寄せる。

「俺も……っ、中に……全部……出させて、美宇……っ」

倒れ込んだ美宇に、晶は唇を重ね、深い深いキスをする。

その瞬間、目の前で星がチカチカと点滅するように、快楽がはじけた。

「んぅーっ、んんーっ!」

喘ぎたくてもキスのせいで声が出ない。嬌声まで晶に舐め尽くされる。

中がどっと熱くなり、彼の白蜜が大量に注がれたのが分かる。美宇は絶頂しながらその熱を受け止めて、身体をびくびくと震わせた。

「ん……んんぅ」

まだ吐精が終わらない晶は、美宇の唇も解放してくれなかった。しばらくして注ぎ終わったかと思うと、ゆるゆると腰を動かし、まだ奥へ奥へと送り込もうとする。孕め、と念じているようにすら思える。

美宇は苦しくなって、晶の胸を叩いて抗議した。ようやく解放されて、はあはあと呼吸を整える。

「い、息くらいさせてください……っ」

「ごめん、夢中で」

晶は悪びれることなく、美宇の頬にチュッと音を立ててキスをする。そうしてころりと体勢を反転させ、美宇を組み敷いた。

「ああ、悩ましいな」

そうつぶやくので何だろうと思っていると、晶は真剣な表情でこう言った。

「美宇は、白無垢(しろむく)とウェディングドレスどっちが似合うだろう」

頭のいい人の思考回路は本当に分からない。二人で絶頂の余韻を味わうときに考えることなのだろうか。

美宇は晶の髪を梳(す)いた。指通りのいい、きれいな髪一本一本も愛おしい。

「明日から考えましょ、今日はベッドから出してもらえないんでしょう?」

そのせりふに反応したのは、まだ美宇の中でびくびくと跳ねていた、晶の欲望だった。

「ああ、でもせっかくハンバーグを用意してくれていたのに。ごめんね」

「朝焼いて食べましょう、だって……今夜たくさん……動くし……」

そう言って自分の発言のいやらしさに、美宇は顔が熱くなった。晶はにやりと笑って美宇の首筋を舐める。

「俺、運動するの好きなんだ」

「えっちなおじさんみたいなこと言ってる」

くすくすと笑って晶の唇を受け入れると、再びベッドがきしんだ。


弦楽四重奏『G線上のアリア』が流れるチャペルの扉が開く。

大きなリボンを巻きつけたようなシルエットの、どこかの国の王女さまのようなドレスを、自分が着ることになるとは思ってもみなかった。

「お姉ちゃん、きれいだよ」

付き添ってくれた妹の明里が、美宇にそう声をかけてヴェールを下ろしてくれた。本来は花嫁の母が務めるヴェールダウンは、明里に頼みたいと美宇がお願いした。

「幸せになってね」

明里が声を震わせる。美宇は明里の手を取って微笑み返した。

「これからも、一緒に幸せになるんだよ。私たち」

うん、うん、と何度もうなずく明里と美宇は抱擁し合った。

「行こう、姉ちゃん」

そう声をかけてくれたのはスーツ姿の渉流だった。

肘をこちらに向けて、手を絡めるように促される。新郎のもとまでヴァージンロードを歩く花嫁の父の役は、渉流が買って出てくれた。

これが自分たちの家族の形なのだと、美宇はじんわりと胸が熱くなる。

美宇は渉流にエスコートされて、ヴァージンロードに足を踏み入れる。

一歩ずつ、ゆっくりと前に進む。

「姉ちゃん、今しか言う勇気出ないから聞いて」

渉流が小声で言った。

なに、と小声で返事をして視線だけを向けると、渉流は前を向いたまま、穏やかな表情を浮かべていた。

「育ててくれてありがとう。大好きだよ」

涙で視界がゆがむ。

化粧が落ちるから泣くなよ、と照れながら渉流は美宇の手を取った。

たくさんの参列者がこちらを見つめている。その先で微笑みをたたえて待ってくれているのは、紺色のタキシードをモデルのように着こなした晶だった。

涉流から晶に、美宇の手が渡される。

「涉流、ありがとう」

美宇は涉流を見つめた後、晶と微笑み合った。

そうして二人で、祭壇に向かった。

桜のつぼみが膨らみ始めた三月某日。

港区のホテルで、晶と美宇は結婚式を迎えた。

豪勢にしなくていいという美宇の意向はどこへやら、晶の立場もあって、あれよあれよという間に最高級ホテルで挙式、披露宴をすることになったのだ。

親がおらず、親戚縁者にも見捨てられていた美宇には、親族席がそれほど必要なかったが、フラワーメイドの社員や同僚たちが参列してくれた。新郎側のゲストも、かなり絞り込んだとはいえ、結局は百人ほどを呼ぶことになった。

二人は牧師の前で誓いを立て、向き合う。

明里が下ろしてくれた、クリスタルガラスをあしらったヴェールを晶がゆっくりと上げた。

視線が合うと、晶はまるで朝の挨拶のように声をかけた。

「今日もきれいだね、美宇」

晶は美宇に近づきながら、さりげなく二の腕を触っている。こんなときまで、と思うがもう癖なのだろう。

出会ってからもうすぐで半年。

ふわもちと妊活から始まった自分たちの不思議な関係が、こんな幸せなゴールを迎えてしまっていいのだろうかと、ふと不安がよぎる。

昨夜妹に打ち明けたが、それは花嫁が必ずかかる病だと言われてしまった。晶を信じるといい、とも。

『お姉ちゃんが気づかなかっただけで、最初っから晶さん、ずーっとお姉ちゃんに恋してたよ。お姉ちゃんといるときと、そうでないときの顔、別人だもん』

そんなの初耳だ、と笑ったことを思い出して、誓いのキスの直前に思わず口元が緩んでしまった。

「違うことを考えて思い出し笑いしたな？　悪い花嫁だ」

いたずらっぽく晶がとがめる。

「晶さんにも、悪い新郎になってもらいます」

美宇は、彼に屈むようにお願いして、こそこそと報告する。

えっ、と瞠目してしばらく硬直する。

二人の誓いのキスを待っていた牧師や参列者が、妙な間にざわざわし出した。

美宇はふふっと笑って「はやくキスして」と口だけ動かしてみせた。

困った牧師が「そ、それでは誓いのキスを……」ともう一度促すと、晶は突然、美宇の腰をつかんで抱え上げた。

「ひゃっ」

変な声を上げてしまって赤面する美宇に、晶がキスをした。

そうして美宇を見上げたまま、花のような笑みを浮かべて、こう告げた。

「美宇も赤ちゃんも、絶対に幸せにするから」

わっと参列者から歓声が上がったかと思うと、チャペルの鐘が鳴り響く。

パイプオルガンが結婚式にふさわしいワーグナーを奏で、舞う色とりどりの花びらが二人の未来を祝福した。

下ろしてもらった美宇はドレスをいそいそと整えて、晶の袖を引っ張る。「何?」と顔を近づける彼に、こう尋ねる。

「赤ちゃん産んだら体型が変わってふわもちじゃなくなるかもしれませんよ」

晶は美宇の頬に口づけをして、二の腕をふにふにしながらささやいた。

「どんな美宇でも俺の大切な奥さんだよ、ひとまず今のうちに堪能させて」

教会で幸せをかみしめている新郎新婦の寝室では、お役御免となった「ふわもちくん」たちが、棚に並んで春の陽光を浴びながら、新しい遊び相手の誕生を待っていた。

（了）

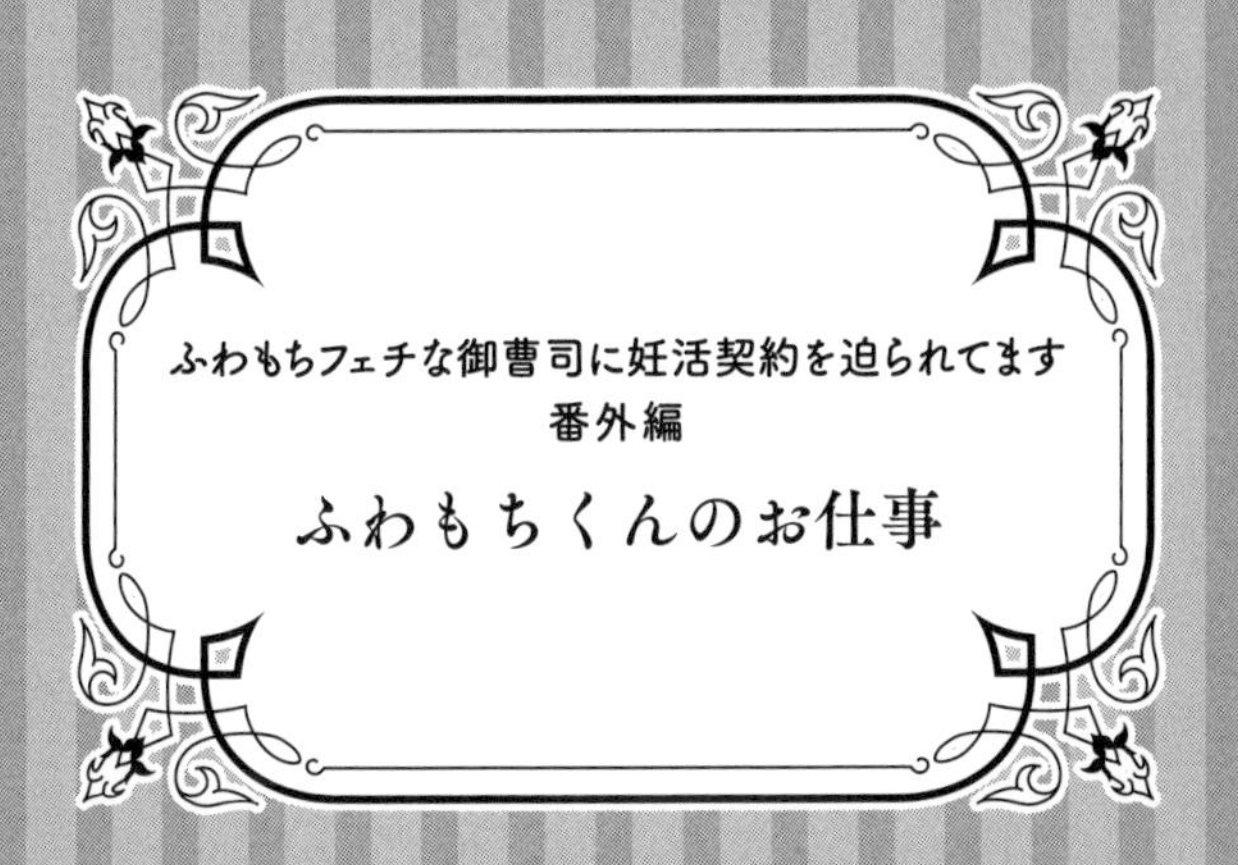

ふわもちフェチな御曹司に妊活契約を迫られてます
番外編

ふわもちくんのお仕事

こんにちは、ぼくはおもちの妖精「ふわもちくん」のぬいぐるみ（製造番号F七七二八九〇）です。

七年前におもちゃメーカーから誕生し、ふわふわもちもちした手触りと癒やし系のルックスで、現代社会に疲れた人々から絶大な人気を誇る、ゆるふわキャラクターです。

人々を癒やすために工場で生産されたぼくらは、各地で売り出され、今やあらゆるご家庭になくてはならない存在となっているはずです。この広い空の下で、同胞たちが誰かを癒やしていると思うと、ぼくもがんばろうと身の引き締まる思いです。

「あだーっ」

そう、たとえ、赤ん坊のよだれでぐちゃぐちゃになろうとも――。

畳の上に置かれたベビーサークル内で、八カ月になったばかりの赤ん坊が、のったりと四つん這いでこちらに近づき、ぼくに頭からしゃぶりつきました。もう驚きません、毎日のことですから。

「あーっ、晄くん、ふわもちくんは食べられないよ」

晄くんと呼ばれた赤ん坊は、サークルの外から母親に抱き上げられました。

まさか、この女に助けられるとは――。

ぼくは心の中でチッと舌打ちをしました。

実はこの母親、神手洗美宇はかつてぼくとご主人さまの寵愛を争ったライバル。熾烈な戦いの末、ぼくは二番手に甘んじることとなり、いまだにそのときの敗北感をくすぶらせているのです。

母親に抱き上げられてもまだ、晄はぼくをしゃぶろうと、こちらに手を伸ばします。ふふ、血は争えませんね。ぼくのご主人・神手洗晶さまも、ぼくをこのように毎晩愛でてくださいましたから……この女が現れるまでは！

ご主人さまは、ぬいぐるみから見ても不憫なお方でした。仕事で疲れて帰ってきたかと思いきや、会社の受付の女性なる方が押しかけて色仕掛けをしてきたり、ハウスキーパーさんが妙齢の娘を連れてきてくっつけようとしたり、時差を無視して実家から電話がかかってきて「孫はまだか」とせっつかれたり――。

ぼくらは美形のぬいぐるみのことを「イケぐるみ」と呼ぶのですが、人間は彼のことを

「イケメン」と呼びます。おそらくそのせいで大変な思いをされてきたのです。時には薬
を盛られたかのような症状を見せることもありました。
　やけに詳しいな、とおっしゃりたいのですね？
　もちろんです、ぼくはご主人さまの「ふわもちくん」コレクションの中でも最古参です
から。もう四年ほどの付き合いになります。売り場に並んでいたぼくをつかんだご主人さ
まは「よく眠れそう」とぽつりとつぶやき、ぼくをこの家に迎え入れてくれたのです。
　誠心誠意お仕えしました。なんてったってぬいぐるみ史上最高の手触りと言われている
ぼくですから、悩み深く不眠気味のご主人さまのお役に立てたと自負しています。
　しかしその座を、あっという間に、ハウスキーパー上がりの、あの女・美宇に奪われて
しまったのです！
　美宇は二の腕や太ももがぼくのように触り心地がよいことから、この家に迎えられまし
た。最初は余裕で「お手並み拝見」と思っていたのですが、ご主人さまの寵愛は一瞬にし
てぼくから美宇に移ってしまいました。
　ぼくは悔しくてなりませんでした。しかし、美宇を抱いて眠るご主人さまのお顔はとて
も安らかで幸せそうなのです。起きているときも、いつも視線が美宇を追っていて、彼女
に夢中なことは一目瞭然でした。見つめられている美宇だけが、おまぬけさんなのかあま

り気づいていないようでしたが――。

ご主人さまの抱き枕係としてベッドの中央に陣取っていたぼくは、ふわもち美宇に仕事を奪われ続け、次第にベッドサイドに、そしてふわもちくんコレクションの陳列棚へと移っていきました。

その間も、二人はぼくの気も知らず、いちゃいちゃチュッチュのしまくりです。夜でだけでなく、朝まで！　際限なく！　彼らの営みでベッドがきしみ、同胞が何度陳列棚から落ちたことか！

それでぼくは敗北を認めました。二人が結婚してしまえば、ぼくらふわもちくんたちはみんなお払い箱になるだろうと覚悟をしていましたが、ご主人さまも美宇も、思いのほかぼくらを大切にしてくれていたので、それはそれでいい余生が過ごせるだろうと思っていました。

しかし、もう一度、お役目が回ってきたのです。

彼らのいちゃいちゃチュッチュの末に生まれた、長男坊です。

「あぶぅ」

晄はぼくのほっぺを小さな手でつかんで引き寄せました。そうしてぎゅうぎゅうと抱きしめます。ああ乳くさい、よだれだらけ、汗っかき。それなのに、ぼくはもう一度与えられた子守という使命に、少しだけ、少しだけですけれど、喜びを感じてしまうのです。

玄関で物音がして「ただいま」という低い声が聞こえてきました。ご主人さまのお帰りです。

ぼくをしゃぶっている暁を抱いた美宇――という不思議な構図でご主人さまをお出迎えします。

ご主人さまは相変わらずの美形ですが、二人を前にして顔をくしゃくしゃと崩しました。

「ただいま、会いたかった！」

たった数時間の勤務なのに、数年ぶりに再会したかのような抱擁を暁と美宇にしていきます。当然、ぼくも巻き込まれて押し潰されます。しかしぼくはプロのぬいぐるみ、これくらいではへこたれません。

ご主人さまはネクタイを緩めながら暁と美宇にキスをしました。

こういう光景を見るとき、ぼくは仕事を奪われた身でありながら、ご主人さまの幸せそうな姿に胸を熱くします。

ああ、ついに大切なご家族を見つけられたのですね。あなたが何年も眠れずに苦しんでいたことを、ぼくは一番知っています。ぐっすりと安心して眠れる、心を許せるぬくもりを手に入れたのですね、もっともっとお幸せになってください――と。

そう、お幸せを願っているのは本当です。

しかし、この夫婦は、なんとイチャイチャのひどいことか。

暁が生まれて、産婦人科医から許可が出たとたんに、夜のイチャイチャを再開させ、ぼくの記録によると週に三回は本格的なイチャイチャを、そしてそれ以外の日もベッタベタしながら寝るのです！

ほら、ベビーベッドにいるぼくの横で暁がぐっすり寝たので始まりましたよ。まったく油断も隙もない夫婦です。

「あ、晶さん、私まだシャワーが……」

「でもいい匂いがする……このままましたいな」

ご主人さまは美宇の腕をもちもちと触りながら、じりじりとベッドに美宇を追いつめています。

「どうせ汗かくんだし、あとで一緒に浴びよう」

なんで汗をかくのか、なんのあとなのか――。ご主人さまはときどきおっさんみたいなことを言います。

「でも晶さんも疲れてるのに……あっ……ん……」

「それとこれとは別です、ほら美宇からもキスして」

ぱちり、と照明が落とされました。ごそごそ、チュッチュ……と音がしたり、肉のぶつかるような音がしたりしても、もうぼくは気にしません。

「愛してるよ美宇……」

「わ、私も……っ、晶さん……っ」

お熱いことです。が、暁を起こさないように、お静かにお願いしたいものですね。

「なあ、あと一年くらいしたら、もう一度妊活始めないか」

「それって……？」

「もう一人、子どもが欲しいねってこと」

「すぐにでも……いいのに……」

「そういうこと言われると中に出したくなっちゃうだろ……煽るなんて悪い奥さんだ」

「あああっ、晶さん……っ」

この会話から察するに、再来年にはもう一人お世話をする赤ん坊が増えそうですね。望むところです。ぼくのふわもちの魅力で、子どもたちを虜にしてみせましょう。

胴体が握られた感触に、ぼくは気づきました。横ですやすやと眠っている暁がぼくを小さなふくふくとした手でつかんだのでした。

胸の奥からくすくすとこみ上げる幸せな感情が、ぼくを満たします。

ご主人様を癒やす仕事も大変やりがいがありましたが、今度はこの小さな命のそばにいる仕事をやり遂げたいと思います。

夫婦のいちゃいちゃチュッチュをＢＧＭに、ぼくも明日に備えて眠りにつきました。

＋＋＋

翌朝、ぼくはずっしりとした重みを感じて目を覚ました。

「だっ」

晄がぼくに乗っかって遊んでいたのです。ベビーベッド内なので危険はありません、それもよいでしょう。

「起きたか、晄」

そう言ってご主人さまが晄を抱き上げました。晄がぼくをつかんだのですが、握力が足らずに床に落ちます。ぼいん、と床で跳ねたぼくは、そのままうつ伏せとなりました。

ご主人さまがそんなぼくを拾ってくれて、再び晄に渡しました。

「晄、ふわもちくんでたくさん遊んでいいけど大切にしてくれよ。美宇と出会わせてくれた、大切な俺の相棒なんだ」

ぼくは、ぬいぐるみなので、涙は出ません。

でも、まるで人間のように泣いてしまいたい気分になりました。

もちろん悲しいからではありません。

お役御免だと思っていた自分が、そんなふうに思われていたなんて――。

ありがとうございます、ご主人さま。暁のことは任せてください。ぼくが立派にお育てします。

そして美宇を「あの女」とか言うのも、もうやめます。大切な奥様ですものね、ぼくもあなたと同じように、奥様を大切にしていこうと思います。誠心誠意お仕えして――。

「朝ご飯できましたよ、みなさーん」

キッチンから奥様の声がしました。ご主人さまと暁はぱっと表情を明るくして、返事をしながらキッチンに向かいます。

ご主人様の言葉に感激して打ち震えていたぼくを、ベビーベッドに放置して。

あの女――！

（了）

あとがき

こんにちは、滝沢晴と申します。このたびは拙作をお迎えいただき、誠にありがとうございます。

ヴァニラ文庫ミエルさまで初めて書かせていただきました、大変光栄なことです。読者のみなさまも初めましての方が多いのではと思います。それにもかかわらず本作をお手に取っていただきありがとうございます。

構成段階では、読者のみなさまにどれほど読んでいただけるのか、どれくらい受け入れていただけるのか……と緊張しておりました。が、初稿を書き始めてみれば自分の世界。晶と美宇の〝ふわもち契約妊活〟が楽しくて楽しくて……！　ベッドシーンも書くのが好きなんですが、今回はそこに至るまでのイチャイチャが楽しかったです。美宇がつらい目に遭うシーンは、自分も一緒になってしょんぼりしてしまうほど感情移入しておりました。

みなさま、気に入ってくださった場面などありましたでしょうか。よかったら、お手紙やレビュー、ＳＮＳなどで教えていただけますと大変嬉しいです。

今回、主人公をハウスキーパーに設定したのには、実は理由があります。

私が壊滅的に〝片付けできない人間〟なため、ハウスキーパーのＭさんを二年ほどお頼りしたのですが、その方がとても素敵だったんです。ストレス解消はお掃除、というハウスキーパーの申し子のような人で、富士の樹海のようになっていた我が家を、あっという間にきれいにしてくれるんです。しかも「どれだけ散らかしても大丈夫ですよ、私が来た日にリセットしますから！」と頼もしいお言葉。そりゃ心奪われますよね。出張でも旅行でもお土産買っちゃうし、お中元渡しますよね。……というわけでＭさんから着想を得て、今回のお話を書きました。

ラッキースケベのような〝ふわもち安眠事件〟から契約妊活を始め、恋に落ちていく晶と美宇を、七夏（しちか）先生がとっても素敵に描いてくださいました。本当にありがとうございます。

また、導いてくださった担当さま、製作流通に携わってくださったみなさま、お力添えをいただき本当にありがとうございます。何よりこの恋物語を見守ってくださったあなたさまに、心よりお礼申し上げます。また新しい物語でみなさまにお会いできますように。

滝沢晴

ふわもちフェチな御曹司に
妊活契約を迫られてます　Vanilla文庫 Miel

2025年1月20日　第1刷発行　定価はカバーに表示してあります

著　作　滝沢 晴　©HARE TAKIZAWA 2025
装　画　七夏
発 行 人　鈴木幸辰
発 行 所　株式会社ハーパーコリンズ・ジャパン
東京都千代田区大手町1-5-1
電話 04-2951-2000(営業)
0570-008091(読者サービス係)
印刷・製本　中央精版印刷株式会社

Printed in Japan ©K.K. HarperCollins Japan 2025　ISBN978-4-596-72231-7